ちくま文庫

台所から北京が見える

36歳から始めた私の中国語

長澤信子

筑摩書房

文庫版まえがき（講談社版）

若いころ、私のいちばんの夢は「あたたかい家庭をつくり、いい妻、やさしい母になること」でした。

結婚した私は張りきって第一歩を踏みだしました。しかしその夢は二人の男の子の母となったとき、跡形もなく消え去ってしまいました。朝から晩まで家事と子どもの世話に追いまくられていた私のどこにやさしい母やいい妻の姿があったでしょうか。

「こんなはずではなかった」

私はいつもイライラして、とげとげしいことばばかり使っていたように思います。

夫には仕事が、子どもには子どもの未来がある。私にも家庭以外に自分の生活がないと窒息してしまう。そのころはまだアイデンティティとかライフワークなどということばは耳になじまなかったのですが、私は自分ひとりの時間、ひとりの世界の大切さを痛いほど感じはじめていたのです。

なにをもって「自分の世界」とするか。これは大変な仕事です。私の生活の中に自分の世界としての「中国語」が姿を現すのは、それから十年以上もたってからのことでした。

私は中国語を三十六歳から学びはじめました。今年でちょうど三十年たったわけです。その間に世の中はずいぶん変わりました。どう変わったかというと、当時私は「語学は若いときにはじめなければだめ。三十代の後半になってはじめるなんて無理よ」といわれていたのに、いまは「三十六歳なんてずいぶん若いころにはじめたんですね。私もそのころからやっていればよかった」となってきたことから、はっきりわかります。

いまこの本の文庫化にあたり、私のたどってきた生活を年代ごとに並べてみたいと思います。別にとくに計画的にすすめてきたのではありませんが、結果として十年ぐらいで軌道修正をしながら歩いてきたようです。

日常生活に流されて、ふと気がつくともうこんな歳《とし》、ということになりがちですが、ときには立ち止まり、自分の十年後、二十年後の姿に思いを馳《は》せることもいいのかもしれません。

二十代――バラ色に見えた結婚生活が灰色に変わっていった時代。
三十代――子どもの中学入学を機に中国語をはじめた年代。
四十代――「日中国交回復」という歴史的出来事により通訳に。
五十代――四十代の経験を基礎に「中国語教室」をはじめた年代。
六十代――「還暦」は老後の生活に向かってのあらたなスタートのとき。身辺整理をして「中国文化講座」をはじめる。
七十代以降――私にとっては未知の年代。でも中国とかかわりながら「語ることと書くこと」を生涯の仕事としたい。

いまでも私はよく人に聞かれます。
「なぜ、中国語を選んだのですか」
「なぜ、四年間で語学をマスターできたのですか」

「お子さんの中学・高校時代にそんなに家を空《あ》けて、留守中のことは大丈夫だったのですか」

「家族の理解はどうやってとりつけたのですか」

そのすべての答えはこの本の中に書いたつもりです。この本が出版されたのは私が五十歳のときでした。いまは六十代後半になりました。五十代以降のことは「私の老後と夫の定年」というテーマでぜひともこの続編を書きたいと思っています。

今回の文庫化にあたりましては、古屋信吾氏、ならびに猪俣久子さんに大変お世話になりました。ありがとうございました。

長澤信子

はじめに

思えば私と中国語との出会いは、ほとんど偶然からはじまりました。子育てのときは、子どもの巣立ったあとの寂しさをおそれ、子どもが成長するにつれて生まれてくる自由な時間を、何物かでうめなければ、と思いつめていました。その何物かを〝中国語〟に置きかえて夢中で過ごし、なんとかいま、子育て後の生活を中国とかかわることで過ごせるようになりました。

子育ての期間は長いようで短いものです。病気をしたり、けがをしたり、浪人したり、留年したりして、そのたびにわが家に旋風を巻きおこした二人の息子は、もう完全に独立しました。

「家庭があって、子どももいるのに、よく次々にいろいろなことを手がけたわね」

といわれるたびに私は、

「子どもがいたからできたのだ。子どもがかわいければかわいいほど、私は子ども以外のものに目を向けるようにつとめてきた。私の原動力はすべてそこにあったのだから」

とつぶやいてきました。

そしてわが家では、また夫婦二人だけの静かな生活がはじまります。けれども、つとめてある距離を置いて子どもと接していたためか、若いころ恐れていたような寂しさを感じることはありません。

かつては家族の声でにぎわっていた台所にいまひとり立てば、あこがれの地であった北京《ペキン》の町なみが鮮やかに浮かび、私をまた新しい世界へと誘ってくれるからです。

でもその風景の中に、いつも息子の姿が見え隠れするのです。

やがていつか、その街中の幼子に、自分の孫の姿をダブらせる日が来るのでしょうか――。

一九八五年七月

長澤信子

台所から北京が見える　目次

台所から北京が見える

第一章　三十六歳からの中国語

なにかがほしい

「子どもが生きがい」時代

人生に節目があるとすれば、私の場合は、結婚した二十一歳と、中国語を習いはじめた三十六歳のときだったと思う。

高校を卒業した昭和二十六年（一九五一年）は、いまと同じ就職難時代であった。高校は女子大の附属高校だったが、父が小学校の教師をしていた影響もあり、学費の安い点も魅力で、学芸大学に入学した。

しかし、学校の授業には興味がわかず、学生生活にどうしてもなじめない。家での生活もおもしろくない。大学生活が肌に合わないと結論を下した私は、わずか半年で、親に無断で大学をやめてしまった。

私は働きたかった。しかし、ただの事務ではつまらないと考え、手に職をつけるべくタイピスト学校に入学することにした。親には、すべての手続きをすませてから打ち明けた。

自分と同じ教職の道を歩ませようと考えていた父にとっては、非常に不満なことだったにちがいない。前もってなんの相談もなく、事を運んでしまった娘を、さぞかわいげなく思ったことだろう。

私がいま、その年の子どもを持つ身となり、あらためて、子どもは親の意に反して育っていくものだ、ということを実感を持ってつくづく思い知らされている。

私は、いやなものは、あっさりやめてしまうが、気にいったものは夢中になる性格なので、半年で、英文タイプと和文タイプを身につけてしまった。そのおかげで、翌年の四月、サッポロビールに英文タイピストとして入社できた。

主人とはそこで知りあった。私の父は生《き》まじめで、お酒もタバコものまないことを誇りにしているような人だった。そんな男性像を小さいころから見ていたから、私には、楽しげに、いかにもおいしそうにビールをのむ主人の姿が、とくに印象的だった。父親にない明るくて大らかな性質が好きで、こんな人といっしょに暮らしたいと思うようになった。

私たちは二年後に結婚した。主人が二十四歳、私が二十一歳のときのことである。新婚生活を夢中で過ごしてきた私が、はじめて母親になったのは二十二歳の九月一日。生まれてはじめての体験とはいえ、出産については、まったくなにも知らなかった。子どもを産むということが、あれほどの痛みを伴うものだということも。そしてそれにもまして、ことばでいい表せないほどの不思議な感動で包まれるということも。

赤ちゃんの産声《うぶごえ》とは、生まれた瞬間に一声高らかに泣くものだと思っていたのに、「ホギャア、ホギャア、ホギャア……」といつまでも泣きやまない。その声を聞いていると、胸にこみあげてきた感動が一気に吹きだすように、私も声をあげて、いっしょに泣いてしまった。お世話になった助産婦さんにお礼をいうことも忘れて、抱かせてくれた赤ちゃんの顔もよく見ずに、鎮静剤を打たれて眠りにつくまで、なぜか私は声をあげて泣きつづけていた。

なにも知らない新米の母親は、あのころから、むしろ子どもにひっぱられて、自分自身が育てられてきたような気がしてならない。

産後の体が回復して起きられるようになると、ただただ子どもがかわいいばかりで、どこにでも連れだして人に見せて歩いた。いまふりかえってみると、見せられた人にしてみれば、なにかお世辞のひとつもいわないわけにはいかず、さぞ迷惑だったにちがいない。親バカとはよくいったものである。

息子が片言《かたこと》をいいはじめると、さらにいとしさはひとしおである。

「ママ、おすもうって紙みたいね。やぶれました、また、やぶれましたって」

この子がいるために、家の障子《しょうじ》は、いつも切り張りだらけだった。

「また、やぶれたわねえ」

といいながら紙を張る私を、子どもはそんなふうに見ていたのか。

「夕刊はこっち」

字の読めないはずの子が、ちゃんと朝刊と区別する。

「どうしてわかるの」

「インクのにおいがするでしょ」

(ああ、この子は天才だ)

またも大喜びする親バカに、つける薬はないらしい。

二歳ちがいで次男が生まれる。もうこのころになると、ベテラン気どりである。

しかし、次男が生まれた瞬間は、長男のときとは様子がちがった。部屋が異常な空気に包まれた。人があわただしく動いている。

「水！　水！　早く」

聞こえない。産声が聞こえない。死んでいるのじゃないかしら。不安のうちにどのくらい時が流れたか……やっと産声が聞こえた。体重が四キロもあり、そのうえ、臍《さい》帯《たい》が首に巻きついて仮死状態で生まれてきたとのことである。

　私はお世話になった方々に、心からお礼をいった。そして生まれたばかりの次男の顔をのぞきこみ、その頰《ほお》にそっとふれてみた。それはなにか張りつめた水面に指先をふれるような感触で、なんとも形容のできないやさしいやわらかさであった。

　いま、身の丈は父親を超す一メートル八二センチ、肩幅も胸幅もたくましい青年となっている姿からは、決して想像もできないあの日の思い出である。


　下の子がはいはいしだすと、家の中は急ににぎやかになった。子どもが一人から二人になると仕事は二倍ではなく五倍ぐらいにふえてくる。それにケンカが加わる。病気もいっしょにする。けがも絶え間がない。気の強い次男はとくに大変だったし、長男は弱くて病気ばかりしていた。一日の大半は子どものことで明け暮れた。

　近ごろ、ほうぼうで四つ子や五つ子のニュースを聞くが、家族の方はさぞ大変だろうと同情してしまう。

　あまりのうるささに閉口して、早く寝ればいいのにと、子どもたちの床の中からの呼びかけを無視していると、

「ママが故障した」

と、また騒ぎだす。

「もう、いたずらで大変です。ご迷惑をかけてます」

とご近所におわびにいくと、きまって、

「いまがいちばんいいときなんですよ。大きくなったらつまりませんもの」

といわれた。

そのときにはピンとこなかったが、いま、こうして子どもたちが育ってしまったあとでは、そのことばが実感として受けとれる。

たしかにあのころは毎日が満ちたりた日々であった。一日中あばれまわった子どもたちが寝てしまう。あとは、もの忘れしたような静かな時間に、自分ひとりとり残される。なにしろあのころは、家にはまだテレビもなかったのだから……。

子育てが終わったあとの不安
主人の帰りは遅い。子どもが寝てあとかたづけが終わり、何時になるかわからない主人の帰宅を待つ日がつづいた。
私はぼんやりと考えはじめていた。長男拓也《たくや》が三つ、次男徹也《てつや》が一つ、私が二十五歳。あと三年で小学校、それから六・三・三……待てよ、拓也が大学に入学する年に私はやっと四十歳。

私は大学に入学した年に親に無断で学校をやめた。となると、彼も自分の人生を自分で決める年になっているわけだ。母親はそこで定年というわけだ。夫はそのころ、四十三歳の働きざかり……。

昭和ひとけたの男性は、戦争中は〝お国のために〟、戦後は〝会社のために〟本当に一途《いちず》につくしてきた。主人を見ていても、まさに仕事は命がけという気がする。「仕事だ」のひとことはすべてのことに優先する。それは一家を支える、という責任感をはるかに超えて、使命感とも生きがいとも感じられる。

私はその生き方にうらやましささえ覚えていた。

主人には〝仕事〟がある。では、私には？　……子育ての最中には〝子どもが生きがい〟と胸をはっていえるだろう。しかし、母親の定年はすぐやってくる……。

定年後の人生なんて、主人の頭のどこにもないらしい。ためしに聞いてみたら、「そんなこと、そのときになって考えればいい」とにべもない。

私はそうはいかない。母親の定年はたった十数年後にやってくる。そのあとの何十年という気の遠くなるような時間を、私はいったいどうやって過ごせばいいのだろう。

子どもがこんなにかわいいということを知らないうちは、世の母親によく腹をたてたものだ。

電車に乗れば、わがもの顔にふるまう子どもをうるさく思い、注意しない親がうらめしかった。人の家で子どもがオシッコをもらしたら、若い母親が、

「人間の体の中から出るものに、汚いものはないはずね」

といったという話を聞いて、身ぶるいしたこともあった。

しかし、自分が親になってみて、だんだんとわかってきた。

なぜ、世の母親の多くが、エゴイストなのか。なぜ、女は視野が狭いといわれるのか。なぜ嫁と姑《しゅうとめ》は往々にしてもめるのか。

すべてはわが子かわいさからである。愛する人の分身などときれいごとをいうのではない。十カ月の間、自分の体の中ではぐくみ、胎動《たいどう》を感じ、心音を聞き、血を分けたわが子。それはまさに、「しろかねも、黄金《くがね》も玉もなにせむに……」と山上憶良《やまのうえのおくら》がうたったように、〝この子のためなら死ねる〟のである。

きっと神さまは、育児という大変な仕事にたずさわるもののために、見えないベールをかぶせ、自分の子ども以外のものは、しばらくの間、見えなくしてしまわれるのにちがいない。

でもそのベールは、いつか、脱ぐか脱がされるときがやってくる。子どもが本当に

母親を必要とするのは、私の一生のうち長くても十数年なのだから……。

そのあとの私にはいったいなにがあるのだろうか。平均寿命がいまほど長くなく、子だくさんであった時代の母親は、思えば幸せだったのかもしれない。こんなことを考える必要がまったくなかったのだから。

それにくらべ現代は、女性の寿命は八十歳近くまでのびたのに、反対に子どもをあまり産まなくなった。私たちは子育てのあとの、何十年という未知の年代を生きていかなければならない。

ここまで考えてきて私は愕然《がくぜん》とした。なにもしないで迎えるには、恐ろしいほど長い年月である。どうしよう。腕白《わんぱく》ざかりの子どもに手をとられる時間が多ければ多いほど、その思いは募《つの》っていった。いまにこの時間がだんだん減ってくる。

「時間」の持つ得体のしれない力が私を脅迫する。なにか索漠《さくばく》とした荒野が行く手に広がっているようだ。子どもたちからとり残され、仕事に忙しい主人にも相手にされず、空白の時間を前に立ちすくんでいる自分が目に浮かぶ。

それだけではない。もうひとつ、どうしても私が自分自身に問いただささねばならないことがあったのだ。

自分の子だから、かわいいのはあたり前。この世にたったひとつだけの絶対の関係の「母と子」である。手塩にかけ全身の愛情を注いだものが、「母性愛」という名のエゴイズムに変わらぬ覚悟はあるのか。

――ある日、突然親離れの日が来たとき、ほほえみを浮かべて「じゃ、元気でね」とだけいって送りだせる勇気があるか。

――最後に決定的なひとこと、「あんなにかわいがってあげたのに……」と、恩きせがましいことばを決していわない自信が自分にはあるのか。

すべての問いかけに私は自信がなかった。答えはいつも「ノー」であった。

だめだ、私はだめだ。きっとその日が突然やってきたら、とり乱すにちがいない。いってはならないことばを口走るかもしれない。

ことばは、一度口から出れば、もうとりかえしがつかない。

これもすべて、子育ての最中にある母親にとっては、無理からぬことかもしれない。しかし、どの母親にも必ず「そのとき」は来るのである。私はそのときの「心の準備」を、いまからしておこうと思った。そのためには、子どもとは間隔を置いてつきあっていこう。

私自身には、子どもにかわるなにかが必要だ。これは非常に大きなものでなくてはいけない。なにしろ母性という業《ごう》にも似たものを相手にするのだから。さて、なにを見つけたらよいのだろう。

親しい人たちに、いろいろと私の気持ちを訴えてみた。しかし、当時はまだ主婦の生きがい論など、見向きもされない時代だった。まわりの人たちは、私が育児疲れだと同情してくれた。ある人は、幸せな人間のぜいたくな悩みだと笑った。

「子どもが大きくなったら子育てから解放され、自由な時間があっていいじゃないの。おしゃれして、好きなことができて……」

私は人に相談することをやめた。しかし「なにかしなくては」というつぶやきは、心の最も奥深いところに定着していった。

いつの日か必ずなにかをしよう。やるとしたら、一生をかけてとり組めるもの。なにか大きな夢につながるもの。そして、ひとりで楽しめるもの……。

主人には主人の世界があり、子どもには子どもの未来があるように、私にも自分の「充実したなにか」がほしい。

「私にはこれがある」とはっきり胸をはっていえるもの。いつかはそんな自分の世界を持とう。あせるまい。いまはまだ子どもが小さい。まだその時期ではない。

人生相談への投書が私を変えた

読売新聞に投書したのもそのころだった。
そして、それを書いたことも忘れたころ、私の投書が「人生案内」に載った。
昭和三十四年（一九五九年）二月八日のことであった。

〈人生案内〉
担当　福島慶子

私のライフワーク――家事のひまに身につけたいが――

二十五歳の主婦、主人は二十八歳の会社員。三歳と一歳の二児があります。夫婦互いに信頼しあい、つましいながら、しあわせな毎日を送っています。主人は生活の大部分を仕事に打ちこみ、私も懸命に育児にはげんでいます。

だが私たちは若く、子どもが成長したとき、巣立っていく喜びといっしょに、虚脱感を味わい、生活の目的を失うのをおそれています。ですからいまから少しのひまを見いだし、なにか私のライフワーク（一生をかける仕事）をしっかり身につけたいのです。そして十年、十五年後、それが自分の楽しみでもあり、人格の成長にも役立つようなそういう目標を持った毎日の生活がしたいのです。

でも私は、高校を出ただけでなんの趣味もなく、また社会事業にもそれほど情熱は持てそうにありません。主人は良識ある社会人として毎日を一生懸命生きてゆけばそれでよいといい、私も本当にそうだとは思いますが、それではいまの私に対する回答にはならないのです。（東京・N子）

〔答〕　この欄には珍しく明るくて賢明、かつもっともな相談でたのもしく思うと同時に、あなたのご主人の意見もまことに正しく、お二人とも賢い夫婦にちがいないことを喜びます。

さて、ライフワークを身につけるといっても、なにに手を出してよいか、かんじんのあなたにこれぞと熱意のある対象がないのでは、他人がはたからなにをすすめるべきか、見当もつきません。仕事は各人の好みと性格で決めることで、他人の進言で動くものではありません。また初めから自分のライフワークはこれだと決められるものでもなく、あなた自身の生活観察から自然にモチーフをつかむより方法がないのです。

たとえば毎日の育児から出発して、学問的に育児というものを本気で勉強して、他日その道の専門家になることもあなた次第では可能でしょうし、また人の手がけぬような外国語を、家事の片手間に少しずつマスターしていくのもプラスになります。その他手仕事でもアイディア仕事でも、あなたの性分に合ったものは、その気さえ失わねば自然につかめるはずです。
急に無鉄砲に仕事を求めるより、さし当りご主人の意見通り人間として立派になることを心がけながら、毎日の生活をきびしく観察なさいませ。必ず熱情を打ちこめる仕事はあるものです。

「人の手がけぬ外国語を、家事の片手間にマスターしていくのもプラスになります」

私はこのことばを呪文のように何回もくりかえして声に出してみた。なにか心の奥にひびくものがあるような気がした。それは暗い波間のかなたに、かすかに見える灯台のあかりのようでもあった。そんなある日、ふと開いた本に、

「外国語を学ぶということは、ひとつのまったく別な世界を持つことだ」

ということばがあった。それがなんと新鮮にひびいたことか。

「子育てのあとにできる時間に、外国語を学ぶ」

ということが、私の大きな夢につながった。「自分の世界」というものが形になってきたようにも思えた。

さて、その外国語である。なにしろ「人の手がけぬような」という条件がある。と

にかく本屋に行ってみた。本屋には、あること、あること。英語にいくらかなじみがあるだけで、他はすべて、「人のあまり手がけぬ外国語」のように見える。

まずロシア語の本を手にとってみる。パラパラとページをめくったら、なんとπ《パイ》がさかさまになったような字がある。私はびっくりして本を閉じてしまった。

昔から数学が苦手で、πとか∫の記号を見ただけで頭が痛くなってしまう。ロシア語の文字に、それらしい文字があってはもうだめだ。他のものを見る元気すら失って、その日はそれだけで帰ってしまった。

最近になって、

「長澤さんは語学に向いていたんですね。英語はどうですか」

とよく聞かれるが、これもまた数学と同様、横文字もまったくだめだった。自分の努力のたりなかったことはこのさいすべて棚にあげて、いわせてもらえば、二つとも先生との相性が悪かったといえる。

落ちこぼれた生徒は、放っておかれた。どう教えるか、でなくて、どう興味を持たせるか、そこのところをもうすこし考えてもらったなら、なんとかやる気になったかもしれないが、まあこれは愚痴《ぐち》になるからやめよう。とにかく英語もだめ、もともと語学に向いていたわけではない。

だから学校を卒業して何年もたっているのに、これから外国語をやれるかな、という不安は多分にあった。まして、これが私の考えている「なにか」に代わるかということについての自信はまったくなかった。ただ、あくまで未知の世界への手がかりがつかめたような気がしたにすぎなかった。

何語を選んだらいいか、ということは主人に相談することにした。彼は即座に答えてくれた。

「中国語がいい。中国は、古い歴史と新しいエネルギーをもったはかりしれない魅力をそなえている。それに中国はなんといっても日本の隣国だ、知らないではすまされない国だよ。腰をすえてとり組むのなら中国語だ。自分でやりたいくらいだけど時間がない。かわりにやっておいてくれ。いずれいっしょに行ける日がきたときの用意にな」

珍しく彼が熱をこめてこう語ってくれた。

なにしろ仕事に忙しい人である。チャンスをみてときおり「なにかしたい」と話しかけたことはあったが、いつも、

「自分で考えろ。人の生きがいにまでつきあいきれん」

といわれるのがオチであった。

しかし、今度はちがった。確信を持っていうのであった。

「そうだ、中国語をやろう！」

私はそのとき腹を決めた。

なにしろ中国語は漢字なのだ。私のきらいな横文字ではない。外国語というより日本の古典のような親しみがあった。そのときはまだ、中国語の発音がアルファベットで記されていることもなにも知らなかった。

いまから二十四年前のことである。

夢はひとまず胸の中へ
私が実際に中国語の勉強をはじめたのは、このときからさらに十年後のことである。

「その十年間、長澤さんはなにをしていたのですか。なぜすぐにはじめなかったのですか」

これもよく受ける質問であるけれど、それは子育ての期間だったからにすぎない。

ひとくちに「主婦の生きがい」といい、「ライフワークの発見」といっても、それにはそれなりの準備がいる。自分で持てる自由な時間、精神的なゆとり、ある程度の経済的基盤……。

乳幼児を抱えた二十五歳の母と二十八歳の父の家庭に、ゆとりなどあろうはずはない。主人の給料はまだ少なくて、綱《つな》わたりのような毎日だった。

私はやりくりが下手で、家計はすぐ赤字になってしまう。食費をすこしでも豊かにするためには、なんとしても衣料費をつめなければならない。私のセーターを子どものものに編みかえたり、下手ながらスカートをズボンになおしてはかせたりした。家事と育児にいちばん時間をとられるときであった。

夫と手のかかる子どもたちと（1959年）

私はもうあせらなかった。悩むこともなかった。この子たちがもうすこし大きくなったら、私は私で、はじめることがある。こんなに子どもといっしょにいられるのは、一生のうち、いましかない。

いまは、一〇〇パーセント私を頼りにしている二人の子どもがいる。いずれ時の流れが、その一〇〇パーセントをだんだんに減らしていったとき、その空間を埋めるように、自分の世界を広げていけばいいのだ。

夢はひとまず胸のうちへしまっておこう。急ぐことはなにもない。時間はなにしろ何十年もあるのだ。あせらずに、できるだけ遠大な計画を立てよう。

それからの毎日、私はただ家事に明け暮れた。長男は体が弱く、小学校にあがるまで医者通いがつづき、次男は腕白で、これまた手のかかる子どもであった。

しかし、具体的な夢ができたために、むしろ落ちついて毎日の生活に没頭することができた。子どもたちが寝しずまり、主人の帰宅を待つ、あのどうしようもない不安を感じていた時間は、未来の自分の世界へ思いを馳せる楽しい時間に変わっていった。

子どもたちが小学校へあがるとＰＴＡの仕事が待っていた。それに、私がかつて習ったタイプの学校で、パートタイムの仕事をするようにもなった。そのほかに、日々の繁雑《はんざつ》な用事もふえて、自分の領域を持つことはますますむずかしくなっていった。

そのころから、私はひそかに心に決めていた。子どもが中学に入って外国語をはじめるとき、私もいっしょにスタートしよう、と。

ルポライターの堂本昭彦《どうもとあきひこ》さんが、のちに取材にみえたとき、その当時のことを次のような文にまとめてくださった。

「長澤さんが実際に中国語をはじめたのは、投書の回答を手にしてから十年後のことである。（中略）この人を褒《ほ》めなければいけないのは、いったん灯《とも》した火を消すことなく、十年ものあいだ、たとえばときおり息を吹きかけるようにして、その火だねを大切に持ちつづけたことだろう」

たしかにそうだった。私は、十年の間いつもいつも自分にいい聞かせていた。

「もうすこし待て。いずれそのときが来る。もうすこし待つのだ……」

パンは二回発酵させてから焼く。お酒はゆっくり熟成させてこそ香りが出るものである。

まったくなにも知らなかった語学をはじめて、それから四年目に通訳の国家試験に受かったとき、人は異例の早さだ、などといってくれた。それは、

「いつの日かきっと。そのときこそ」

という中国語への熱い思いが、「やっとその日が来た」とき、まさに奔流《ほんりゅう》のようにほとばしり出たのかもしれない。勉強した期間は四年でも、じつは十四年間の歳月が、私の上を流れていたのだから。

そして長男が中学に入学した年に、運命的にさえ思えるのだが、主人の大阪への転勤が決まった。大阪は見ず知らずの土地である。普通、子どもが中学生くらいになっ

ていれば夫の単身赴任が多いらしいが、私はすぐにいっしょに行くことに決めた。夫婦単位の生活が自然でもあるし、また神が与えてくれた好機のような気もしたからである。

私は直感的に、待ちに待った勉強開始の時が来たことを知った。

夫のつぶやき、その一——長澤　猛

「夫婦は赤の他人」というのが私の持論である。ときどき、結婚式のスピーチでも、この持論をぶちあげ、臨席の年配の人から〝不謹慎な〟と渋い顔をされることもあるが、本当にそう思っているのだから仕方がない。

夫婦は親兄弟とちがって血のつながりはないし、育った環境も異なる。あたり前のことだが、性もちがう。「夫婦は一心同体」なんてわけには、なかなかいかないのが普通だ。だからこそ、互いに他人に対する思いやり、遠慮があってしかるべきだ、と、こういう考え方である。

「夫婦は同心円ではなくて、一部が重なりあった二つの円だ。共通の部分は、できるだけ広いほうがいいし、共通の広場として大事にしよう。しかし、夫婦それぞれに自分の世界があっていいし、お互いにそれは尊重しよう」

これは、まだ若い夫婦時代に、家内にいったことばである。

こんな考え方だから、彼女が家事以外になにかはじめたいといいだしても、まず反対したことがない。「あまり無理はするな。健康と家庭に支障のない範囲で」という注文をつけるだけである。

そのせいでもないだろうが、家内はずいぶんといろんなことをやったようである。高校のタイプ科講師、タイプ印書、保険のセールス……。ライフワークを求めてだったのか、単に生活の補助であったのかは知らないが、とにかく、なにかをせずにはいられない、といったものがあったようだ。それが彼女の生来の性格によるものか、この章で書かれているように理路整然（？）とした思考の結果なのかは、私にはいまもって定かではない。おそらくは、その両方がないまざってのことだろう。

「どんな外国語をやったらいいだろうか」という相談に対する私の答えは、あんなカッコいいものではなかったように思う。

私の記憶では、「いまからやるのなら、ロシア語か中国語だろう。両方とも日本の隣国で、しかも大国だ。とくに中国は、いまは国交がないが、日本としては歴史的にも地理的にも、深いかかわりあいを持たずにはいられない国だ」ぐらいのことであった。

私は小学校四年から中学三年まで、足かけ六年、中国の天津《てんしん》に在住していたが、そのことが多少影響しているのかもしれない。

　当時の天津には、列強各国の租界《そかい》があり、私も日本租界内に住み、日本人学校に通学していたので、中国語が話せなくても、いっこうに痛痒《つうよう》は感じなかった。中学では学校の正課に中国語があり、私も二年半ばかり勉強したはずなのであるが、いまはまったく覚えていない。ただひとつ覚えているセンテンスは、「我們都是学生《ウオメントウシシユエシヨン》」（私たちはみんな学生です）のみ。家内の同級生がわが家に集まったとき、これをご披露して大笑いになったことがあった。ときおり家内にかかってくる中国人からの電話に出た場合も、まったくお手あげで、英語で応答するしか方法がない。

　家内はいま年に十回前後、中国へ出かけているが、私は少年時代を過ごした地へ一度は行ってみたいと思いつつ、仕事に追われて、いまのところ、なかなか実現しそうにもない。

転機が来た！

夫の転勤がきっかけに

転勤はサラリーマンの宿命のようなものである。もし、あのままずっと東京で暮らしていたら、私の生活もいまとはちがったものになったことだろう。思いきって中国語に没頭することもなかったかもしれない。そこにはまたそれなりの道があっただろうが、たしかにこの転勤が私の人生の転機になったことは間違いない。

主人と次男と私の三人で、生まれてはじめての土地、大阪へ移ったのは万国博覧会の一年前、昭和四十四年（一九六九年）三月のことであった。

「社宅はトンダ、富田と書く。大阪と京都の中間で便利だよ」

と主人はいったが、私は心の中で、大阪の生活は何年ぐらいなのだろう。はたして中国語をやれるのだろうか、やるとしたら、いったいどのようにしてはじめるのがいちばんいいのだろうかという思いで胸がいっぱいで、住む場所のことなど、あまり関心がなかった。

ところが着いてみておどろいた。当時の富田の駅は、いまの姿からは想像もできないほど、うらぶれた小さな駅だった。駅前にはためく「ラーメン」ののぼりを横に曲がれば、そこは一面の田園風景である。耳もとに聞こえる声高《こわだか》の関西弁。

私はすぐに東京に帰りたくなってしまった。

中学生になったばかりの長男は、本人の希望で東京に残り寮生活を送ることになっていた。いまの学校が気にいっていることと、人見知りをする本人の性格から決めたことだったが、私は残してきてよかったと思った。

次男はすぐに環境に順応して、たちまち高槻《たかつき》弁をマスターしてしまった。

「よせて、まぜて」といって子どもたちの仲間に加わり、「イン、ジャンで、ホイヤー」というジャンケンのかけ声を大声で叫んでいるのをみると、私は心底ほっとした。この子の行動力に救われて、私も買い物や外出が、だんだん苦にならなくなってきた。

さて、私はまず第一に、中国語の学校を探さなくてはならない。新聞をたよりに電話をかけてみると、そのほとんどが夜間部のみであった。やっと探した昼間の学校は、幸いにも梅田に近い西九条《にしくじょう》にあった。この中国語文学院は、二年間で初級から研究科までのコースがあり、春休み、夏休み、冬休みも普通の学校と同じようにある。これなら、家事にも大して影響なくやれそうだ。

私はここで勉強をはじめることに決めた。

「語学は若いうちにはじめるほうがいい」とよくいわれる。幼児教育が花ざかりの昨今、音楽とならんで外国語の教育は、幼稚園では遅すぎるとさえいわれている。

三十六歳になった私が、新たに外国語をはじめるといったとき、「ハダシでアルプスに登るようなものだ」といった人がある。

「悪いことといわないから、やめろ、やめろ」という厚意の忠告も聞いた。しかし、世の中には往々にして、反対されるとかえって燃えるということがある。私の心も、人にそういわれると、つい、「やってみなければわかるもんか」という考えが頭をもたげてくる。

たしかに若いにこしたことはない。しかし、ある人がいったように、「なにもサーカスをはじめるというわけではない」のだ。数学や化学ならいざしらず、ことばならただ覚えればよいのだ。覚えるということは、何回もくりかえせば、自然と身につくのではないだろうか。

人が一回で覚えるところを十回するつもりなら、なんとかなると思っていた。なにしろ時間はこれから何十年もあるのだから。

たちまち落ちこぼれる

未知の世界というものは、いつも私の好奇心を大いに刺激する。かねがねやりたいと思っていた十年ごしの夢が現実となったのだ。

新しい教科書、ノートに筆箱、鉛筆もおろしたてをそろえ、いよいよ入学第一日を迎えた。新入生は七名。内訳は、若い男女が四名、主婦が二名、かつて大陸で暮らしていたという定年退職後の男性が一名。当時、中国語を習う人がいかに少なかったかがわかるような入学式であった。一九六九年といえば、中国語はまだたしかに、人のあまり手がけぬ外国語であった。

中国語は発音がむずかしい。はじめの二カ月は発音ばかり。私は最初からつまずいた。日本語のアイウエオにあたる中国語の母音《ぼいん》は、口の開け方からまったくちがう。とまどうことばかりであった。

そのうち、これも中国語の特徴である有気音《ゆうきおん》と無気音《むきおん》の区別が出てきた。有気音というのは、つばが飛ぶくらい力いっぱい息をはきださなくてはならない。

無気音は反対に息がもれてはいけないのである。

もしかしたら「口角泡《こうかくあわ》を飛ばす」というのは、中国人の話し方をいうのかもしれないと思うくらい、パッとかプッとかの練習をさせられた。

そのほか舌を巻きこむ英語のRの音、鼻にぬける音。日本語でゆっくり「アンドン」と「アングリ」を口にしてみれば、同じ「ン」でも舌の位置のちがいがわかる。

この区別はずっとあとになって、日本人の先生から説明されてやっとわかったのだが、はじめはさっぱりわからなくて、ただ混乱するばかりであった。

中国人の先生が、まず発音の手本を示し、それにつづいて、皆がその音をまねする。音が合えば先生はうなずく。音が合っていないと、「もうすこし」といわれる。なにがもうすこしなのかわからない。

もう一度、先生は、ただじっと聞いて、頭をかしげて、「もうすこし」といわれる。

私ははじめ、なぜもっと具体的に、口の開け方、舌の位置などについて注意してくれないのかと不満であった。

でも、それは私の勝手な注文なのであろう。中国人の先生は生まれてからずっと、自然にその音になれ親しんでいるのである。覚えるときに親から、

「それは口をエの形にしてオの音を喉《のど》の奥から出すのよ」

などといわれて育ったわけではないのだから。

「外国語は外国人に習え」というのも、よくいわれることだが、はたしてそうだろうか。多くの講習会の募集広告に、「外国人講師のみ」という文句を見かけるが、そのたびに私はこのときの経験を思い出す。

たしかに会話になれるためには、外国人に接するのがいいが、アナウンサーのような正確な発音をする外国人が日本に多くいるとも思われない。私が習った先生のうち、教え方も上手で、文法にもくわしく、発音もきれいな先生は、日本人で中国語を本当に自分で努力して研究してきた方たちだった。

それともうひとつ忘れられないことは、その方たちの日本語がとても美しく、また文学にも造詣《ぞうけい》の深いことであった。外国人でも日本人でも、母国語について、どれだけの奥行きをもっているかで、その人の外国語が決まっていくようである。

一学期が終了した。

私の成績は七名中七位だった。べつに試験があって、点数が発表されるわけではないが、わずか七名のグループである。メンバーのランキングはおのずとわかってくる。とにかく私だけが先生の発音についていけない。聞いてもわからない。つまり落ちこぼれであることは自他ともに明白な事実だった。

先生の私に対する注意も、日ましにきびしくなっていくように思われた。とくに上手な生徒が名指しでほめられるくらいならかまわない。

「長澤を除いて、他は皆いいです。あなた、耳悪い、ちがいますか」

といわれたとき、私は一瞬、「もうだめだ。やめよう」と思った。いわれなくても、私自身、痛いほどそれがよくわかっていたから。

若いころの私だったら、翌日から学校には行かなかったと思う。しかし、十年間の歳月は、私をいくらか変えていた。とにかく、すぐやめるのだけは思いとどまった。

こんなわけで、中国語文学院での学習は、はじめから、すこしもおもしろいものではなかった。

第一の関門である夏休みが来た。挫折《ざせつ》する者は、まずここで消えるという。私は、消えるなら秋にしようと思った。

休み中の一カ月間、もう一度はじめから復習してみて、それでも九月にいちばん出来が悪かったら、そのときはやめよう。やめることはいつでもできる。やってもできないなら、あきらめもつく、と自分にいい聞かせた。

私はまず本屋に行き、市販のテープを買ってきた。それをくりかえしくりかえし、何回も聞くことが日課となった。それがすむと、次は教科書の習ったところまでを声を出して読んだ。テープを聞きながら、書き取りの練習もできるまでくりかえした。それは、あたかも受験生のようなせっぱつまった心境であった。

やがて夏休みが終わった。

二学期の第一日目の授業のことを、私はいまでもはっきり覚えている。

「夏休みをどう過ごしましたか」という先生の質問に、自分でも思いがけなく、口から中国語が出たのだ。たどたどしいながら、生まれてはじめて中国語で会話ができた。

クラスのお荷物だった私の顔を、先生はまじまじと見つめて、

「講得很好」（よく話せましたね）

といい、何回もうなずかれた。

クラスメートがいっせいに叫んだ。

「長澤《チャンツァ》、あんた、どないしたん」

「いやあ、びっくりしたわ」

「こないいうたら悪いけど、別人みたいやね」

大阪の人は率直だ。私はとてもうれしかった。これなら、ついていけそうだ。先生のしゃべっていることがわかるではないか。

私はやめることを思いとどまった。かくて、私と中国語の長いつきあいは、この日

から本格的にはじまった。

胸にきざみこんだ二つのこと

ものを習うときに、先生との相性があるということを、つくづく知らされたのもこのころからである。自分の不出来を先生のせいにするわけではないが、発音の先生とは、どうしてもしっくりいかなくて、最後まで親しくなれなかった。

反対に、二学期のはじめにひとことほめてくれた会話の先生の時間は楽しかった。その人は関西《かんせい》学院で西脇順三郎の詩の研究をしていた杜国清《トウクウオチン》という若い留学生だった。来日三年目だそうだが、日本語はほとんど不自由ないほど流暢《りゅうちょう》だった。会話の練習だから一問一答になるはずなのに、話しだすとせきを切ったようにあふれる中国語はとどまるところを知らない。それに、話すスピードもだんだんと早くなる。私たちは、くりかえし歯の間を出たり入ったりする先生の舌と、ときとして異常に大きく開かれる口を、ただ眺めているばかりだった。

ひとしきり話すと、われにかえったように、

「明白了《ミンパイラ》嗎《マ》？」（わかりましたか）

と聞かれる。私たちはことばもなく顔を見交わすばかりであった。そのとき、友だ

ちのひとりがおもむろに口を開いた。

「先生は、人より舌が長いんちゃうかな」

今度は先生が絶句した。でも沈黙はそう長くつづかなかった。

「皆さんの中国語がシタタラズなんです」

「…………」

中国人は促音《そくおん》が苦手である。多くの人が、「チョト、マテ、クダサイ」としかいえないように、杜先生もつまる音は、うまくない。

舌をかみそうになりながら、「シタタラズ」といわれたとき、私は本当におどろいた。なぜか腹だたしくさえ思えた。

日本に来てたった二年あまりなのに、こんなことばを、しかも絶妙なタイミングで使ったことに対するやっかみでもあったろうか。

もう、この先生には決して日本語を使うまい。たとえ手まねでも筆談でも、単語だけ使っても、なんとか中国語で意思表示をしよう。こちらの中国語はうまくならないで、相手の日本語ばかりうまくなっていくのはくやしい。

思えば、私の中国語の勉強法は、おりにふれ、なにかに触発されながら、すこしずつ歩き方を考える——そんなことの連続だったようだ。それにしても、彼はどうしてあんなにうまくなったのだろう。

「外国語の進歩のコツはなんですか」

ある日、いっしょにお茶を飲んだときにたずねてみた。するとテーブルの上にあった紙ナプキンの上に、「只管朗読《チークアンランドウ》」（ひたすら朗読する）と四文字書いて示された。

「ただひたすらに朗読をつづけなさい」

そのとき教えられたことばを、私は大切に胸にきざみこんだ。

週二回のこの先生の時間に、どんな会話をするかを毎日考えた。考えるうちに質問がたまってくる。この質問をいつもたくさん持っているということが、いちばんの勉強になるということも、このころからわかりはじめた。


一年目が終わり、どうやら中国語をつづけていく見通しがつきはじめたころ、杜先生のアメリカへの留学が決まった。

「スタンフォード大学の入学許可が来た」

といって大喜びしている先生の姿を見て、私はショックだった。教え方も上手なこの先生について、二年目は大いに勉強しようと思っていた矢先のことである。日もなくて、すぐに最後の授業の日が来てしまった。

いつも明るくて多弁な先生が、いつになくしんみりした口調で話された。

「私は日本に来て、生活の手段として三年間、この学院で教えてきました」

「このクラスほど、まとまって熱心に私の授業を受けてくれた組はありませんでした。いま、私は、自分がアメリカに行けることは非常にうれしいけれど、このクラスのことを思うと、別れるのがとても……。なんといったらいいのかな、心残りとでもいうのかな……。そう、中国にこういうことばがあります」

「人生没有不散的筵席」（人生に終わりなき宴《うたげ》なし）

黒板に書き終わると、ことばがとぎれてしまった。時間にして何秒くらいだったか。うつむいていた彼は、突然、「再見《ツアイチエン》」（さよなら）といって出ていってしまった。

教室はしばらく静まりかえっていた。私はこのとき、自分の体を走った電流のような衝撃を決して忘れない。

「人生没有不散的筵席」

〝私にできるかな〞という思いから、〝どうやらつづけていけそうだ〞と変わってきた気持ちが、この一言で定着した。

人と人との出会いのすばらしさはよく聞くが、私はこのときはじめて、ことばとの出会いの深い感動を知らされた。

――人生に終わりなき宴なし――子育ても大きな宴ではないか。果てしなくつづくような家事のくりかえしのうちに、いつか季節がうつろうように、子どもたちも私から去っていく。そのペースに合わせて、生活の空間の中に少しずつ中国語の世界を広げていこう。そうすれば、宴のあとのむなしさも、いくらかは埋められるかもしれない。杜先生は本当によいことばを残してくださった。

人とはいつか突然の別れが来ることを、そして本当の勉強とは自分にあったやり方を自分自身が考えるものだということを、無言のうちに私に教えてくださったのだ。

その日から、私は自分自身の新しい勉強法を手さぐりで考えはじめていた。

息子にしわ寄せが

しだいに私の生活の中に中国語が広がってくると、迷惑するのは家の者であった。なにしろ、習いはじめて一年後には、私の生活全体が中国語を学ぶ態勢になってしまったのだから。

主人は仕事人間で、理解があるというより私にあまり関心がないからいいようなものの、次男はまだ子どもである。私は時間さえあれば中国語に熱中していたから、いまにして思えば、気づかないうちに徹也への気くばりが減っていたのかもしれない。

ある日、彼が私にたずねた。

「おばあさんって中国語でなんていうの」

私は、徹也も中国語に興味を示してくれたのかと思って、すっかりうれしくなった。

「ナイ・ナイっていうの」

「どんな字?」

「奶奶って書くのよ」

「ふーん」

そのときは、それだけだった。

翌日、徹也が学校に出かけたあと、何気なく廊下に出てみたら、霜のおりた庭との温度差で曇ったガラスに、大きな字で、

「大便奶奶‼」と書いてあるのが見えた。

(くそばばあ‼)

彼は私にそういいたかったにちがいない。

それから間もなく、私は学校に呼びだされた。

「徹也君がいるとどうもクラスがまとまらなくて困ります。皆でなにかをしようと決めかけると、必ず反対意見を出すのです。なぜでしょうね」

私は困ってしまった。徹也はなにか欲求不満にでもおちいっているのだろうか。

「どうしたらよろしいでしょう」

「これは、ちょっと飛躍した考えかもしれませんが、犬でも飼って世話させてみたらどうでしょう」

「犬ですか」

私は犬がきらいだった。

帰って主人に報告すると、犬好きの彼は、あっさり同意した。

「犬か、いいな。犬はおれも大好きだ」

あまり気がすすまなかったのだけれど、とにかく徹也に聞いてみた。

「犬を飼いたい？」

すると、徹也はぱっと目を輝かせていった。

「ほんと、飼ってもいいの？」

そして、たちまち、芦屋《あしや》の保健所から子犬を一匹、ふところに入れて帰ってきた。

私は彼のTシャツの首から顔をのぞかせている手のひらにのりそうな子犬と、徹也のいかにもうれしそうな顔を見くらべて、内心ため息をついた。

（やれやれ、生きものは手がかかるからいやだったんだけど……）

わが家の危機を救ってくれた愛犬、長澤ジェスパ（1980年秋・10歳）

その日から徹也は犬といっしょに暮らしはじめた。この犬が、いまわが家の主のようになっている老犬ジェスパである。もう十二歳になった。亥年《いどし》生まれだから、今年は犬の還暦のお祝いをしようと思っている。

ばらばらになりそうな一家が、なんとかいっしょにここまで来ることができた陰の功労者として、この犬も一役買ってくれている。〝大便奶奶〟のショックとジェスパのつながりは誰も知らない。ただ私だけは、犬を飼うことをすすめてくださった先生に、感謝の念でいっぱいである。

勉強に打ちこむ日々

中国語文学院で二年目の春が来た。杜先生のかわりにみえたのは、日本人の椥川《なぎかわ》先生だった。

「僕は会話はできません。この一年間で、できるだけたくさん、皆さんと原文を読んでみたいと思います」

『葉聖陶《ようせいとう》童話選』『林家鋪子《リンチアプーツ》』『魯迅《ろじん》作品選』と、息つく間もない講読がはじまった。一週間に一回の授業で一人二ページずつ、七人が読む。本来なら自分のパートだけ予習していけばよいのだが、それでは意味がとりにくい。いきおい全部に目をとおすことになる。往復の電車の中で、わからない箇所にまず線を引く。家に帰って辞書で調べる。何回考えてもわからない部分を書きぬいておいて、次の授業ではっきり確かめる。

このときから、テキストは同じ本を二冊ずつ買う習慣がついた。一冊は書きこみ用のノート代わりにするためである。

『魯迅作品選』に入ると内容は急にむずかしくなった。『忘却の為の記念』の最後の一節、「——不是年青的為年老的写記念」という書きだしの部分を訳すとき、私は、不是年青的、で勝手に切ってしまって、（若者のではない）と訳し、為年老的写記念、を（年寄りのために記念を書く）と訳した。そのまま、なにがなんだかわからないままに出席したことがあった。

私の読みあげた訳を聞いた先生は、

「これは途中で切らずに全体を一つにまとめて訳すのです。（若いものが、老いたもののために記念を書くのではない）ですね。普通、記念というものは、年老いたもののことを書くものですが、革命で命をおとした若者をいたんで、魯迅が書いたのですから、逆になっているんですね」

「否定句はどこまでかかっているかをよく見て確かめて訳してください」

先生にそういわれたとき、私は目からうろこが落ちたように、はじめて原文を味わう楽しさというものがわかりはじめた。

会話で得ることとは別の、静の楽しさとでもいうのであろうか。あまりこの『魯迅作品選』に夢中になりすぎて、これを読み終わったあとは放心状態、次のテキスト『老残遊記』の文体にはなかなかなじめず、棚川先生には申しわけなかったが、またひとりで『魯迅作品選』に戻ってしまった。

私は多分、好きになると一方的に打ちこむ性格なのだろう。当時の私を評して主人は、「まなじりを決して起《た》つ、という感じだった」といい、次男の徹也は、「物につかれたようにやっていた」といったから。

すこし背伸びしてでも

二年目もあっという間に過ぎて、中国語文学院の卒業の日が目前に迫ってきた。三月になれば、また新たに学校を探さねばならない。席をならべていた同級生三名はこれでやめるといい、若い人たちは台湾に留学するという。

私はどうしたらいいのだろう。

先生方は、ガイドの国家試験があるから受けてみたら、とすすめてくださる。杜先生からも、そういわれていたが、それはまだ先のことだ。

ある日、私はふとしたきっかけで、中国人の集まる教会に行ってみた。そこで知りあった友だちから新しい中国語の教室を教えられた。

「この教会のすぐ近くに、いい講習会があります。夜間だけど、週に一回くらいならいいでしょう」

といって、見学につれていってくれた。

これが、高建夫《こうたてお》先生の「大阪華語《かご》学院」だった。

中国語文学院が私の母校なら、この大阪華語学院は中国語の道場であった。私は、見学したクラスのあまりのレベルの高さにおどろいてしまった。それが〝中級班〟なのである。

二年間、夢中で勉強し、初級・中級・上級・研究班と、半年ごとに進級し、卒業してきた私にとって、とても歯がたちそうにないクラス、これが中級班なのか。ショックだった。私の勉強は、ようやく中国語の門を開いた程度にすぎなかったことを、改めて思い知らされたのである。

この中級班には、ガイド試験に合格した人が何人もいて、中国人ではないかと思うようなリズムで会話がすすめられている。私はおそるおそる、

「あのう、試験に受かっても、まだ習いに来ていらっしゃるのですか」

と聞いてみた。

「あんな試験、とっくに受かりました、というのがこのクラスの平均的レベルです」

私はそこで二度びっくりしてしまった。

クラスの人たちのやりとりを、羨望《せんぼう》の思いをこめて眺めたまま、その日は帰った。できることなら、ここで学びたい。でも入れてもらえるのかどうか、まして、授業についていけるかどうか……。

この学院の事務局の一員であり、生徒の指導も受けもっておられる春山ゆり子先生のお世話で、私はなんとか入学だけは許された。

昭和四十五年（一九七〇年）の年の暮れもせまったころであった。

この学院の高先生は、中国語の神さまのような方である。

中国語だけなら、中国人でもっと上手な人がいるかもしれない。しかし、日本語と中国語をあれほど美しく、的確に、しかもすばやく置きかえられる方は、この方をおいていないのではなかろうか。いま、中国語で仕事ができるようになって約十年たち、多くの人々と接すれば接するほど、この思いは深まっていくのである。

「あなたたちは、日本語を中国語でなんというかと考えるのだろうけれど、私は適訳がたくさん浮かびすぎて、どのことばを選ぼうか、迷うんです。その差ですな」

とおっしゃるのだった。私はそれを聞くと、ただただ〈神か人か〉と思えてしまうのであった。

ほめられているうちは下手な証拠

高先生にはよく叱《しか》られた。入学して間もないころ、夜間授業に出るのに慣れなくて、つい二十分ほど遅刻してしまったことがある。

そっと教室に入って、一礼して腰をかけようとすると、

「座らんほうがいいだろう」

といわれた。

立たされたのである。

落ちこぼれないようにと必死になっていた私には、いままで、どの先生も大変寛容であった。決してそれに甘えていたわけではないが、まさか、小学生のように立たされようとは思ってもみなかった。

先生は無断で休んだり、遅刻するのをとてもきらわれた。

「葉書《はがき》一枚、電話一本の連絡がなぜできない。ものを習う者の最低の礼儀が守れないで、なにが勉強だ！」

私はその夜、家に帰ると、四苦八苦しながら、中国語でおわびの葉書を書いてポストに入れた。

次の授業のとき、赤鉛筆でいろいろ添削《てんさく》されたその葉書が私に手渡された。よく見ると、文章の終わりに「亡羊補牢」と四字が書いてある。

「これ、どんな意味ですか」

とたずねると、

「自分で調べるといい。安易に人にものを聞くな」

と、また注意された。

辞書で調べてみると、

「羊を失ってから檻《おり》を修理する」という直訳が転じて、

〝あとのまつり〟というような意味と、〝事後のつくろいでも遅いことはない〟というなぐさめの意味にもとれそうな訳が載っている。

それで、また次の授業の帰りに、

「意味が二つあるようですが」

というと、

「まだ間にあう、という意味です」

といわれた。

このとき、私ははじめて〝成語〟の生きた使い方を知った。

成語とは、四字成句ともいわれ、中国語のエッセンスのようなものである。「一刻《いっこく》千金《せんきん》」「臥薪嘗胆《がしんしょうたん》」「小心翼翼《しょうしんよくよく》」など、日本語としてすでになじみの深いものもある。この成語の魅力にとりつかれたものは、もう中国語と生涯別れられなくなる、といわれるほどである。

そのころ習ったもので、最も印象に残っている成語は、「半路《はんろ》出家《しゅっけ》」である。

これも二つの意味があって、中年から出家するという本来の意味のほかに、途中からなにか商売がえをするという意味もあるそうだ。三十六歳から、まったくなにも知らない中国語をはじめた私は、まさに「半路出家」ではないか。習ったとたんに、使いたくなった。

中国人と話す機会があったとき、私はためしにしゃべってみた。

「私の中国語は〝半路出家《パンルウチユウチア》〟です」

するとその効果たるや抜群で、

「あなたはうまい。成語を使いこなせるなんて、おどろいた」

そこは白髪三千丈《はくはつさんぜんじよう》のお国がら、オーバーな賛辞なのに、私はもう有頂天《うちようてん》になってしまった。

さっそく先生に報告した。

「先生、中国人にほめられました」

「どうして」

「〝半路出家〟を使ってみました」

「それはほめられたのではない。気をつけなさい。成語は会話の最後の切り札、軽々しく使ってはいけない。私からいわせれば、日本人の中国語は全部、〝半路出家〟なのだ。なにもあなただけのことではない」

高先生はまた、こうもいわれた。

「ほめられているうちは、下手な証拠。考えてもごらん、幼い子がまり投げをすれば、上手、上手とほめるけれど、プロ野球選手に向かって、あなたは野球が上手ですね、というか」

私はかっと顔があつくなってしまった。

「よし、私はいつか、中国人にほめられなくなるような中国語を話せるようになろう」

そのとき、私はひそかに心に誓《ちか》った。

血のかよったことばを

授業は週一回だったが、その日は、前の一週間の間にどれだけ自分で勉強したかを試される日でもあった。すこし朗読をしただけで、たちまち家での練習時間がわかってしまう。

「まだ口が硬いです」

それでおしまい。大阪にいる間中、私はついに一度も、

「だいぶ軟らかくなりましたね」

とはいわれずじまいだった。

「作文が答えひとつではいけないように、朗読も単に字を読んではいけない。それに、なにを読まされるかわからない。人民日報ぐらいはその場で読めなくてはいけない」

といわれる。

「調べてないので読めません」

などといいわけをすると、

「日本の新聞を渡されたとき、すみません、まだ字引《じびき》をひいていないもので、といえますか」

と、きびしくたしなめられた。

そのころの私は、朗読の練習をしていると作文のことが心配になり、作文をしていると会話が気になった。大阪にあとどのくらいいられるかわからない。この間にすこしでも多く、と私はいつもあせっていた。

あのころで、すでに三十年近くも教室をつづけていらした先生は、時のうつり変わりを誰よりも深く心に感じていらっしゃったにちがいない。

「世の中はすっかり変わってしまった。人の心も――いまは昔の彼ならず――というような意味のことば、誰か知っていますか」

あるとき、ふっと教室を見まわしていわれたことがある。それは私の大好きなこと

ばだったので、

「人心不古」

と、そのとき思わず口にしてしまった。

その瞬間、私はたしかに先生の目に輝く光を見たような気がした。ややあって先生は、

「タイミングよく出ましたね」

とひとことおっしゃった。

ことばには、投げかける者と受けとる側の、あ・うんの呼吸のようなものがある。その呼吸がまさにそうであった。

また先生は、

「血のかよったことばを使え」

とよくいわれた。ことばは、教科書の範囲や教室内で使っているうちは、まだ未熟なのだ。人に向かって使ったことばが、相手の口を通じて自分に返ってきたとき、はじめてそのことばに血がかよう。

その練習として年に一回観摩会《クアンモオホイ》（研究発表会とでも訳したらいいだろうか）がおこなわれた。神戸と大阪の二教室合同で、総勢二十名ほどが、普段の中国語の練習成果を

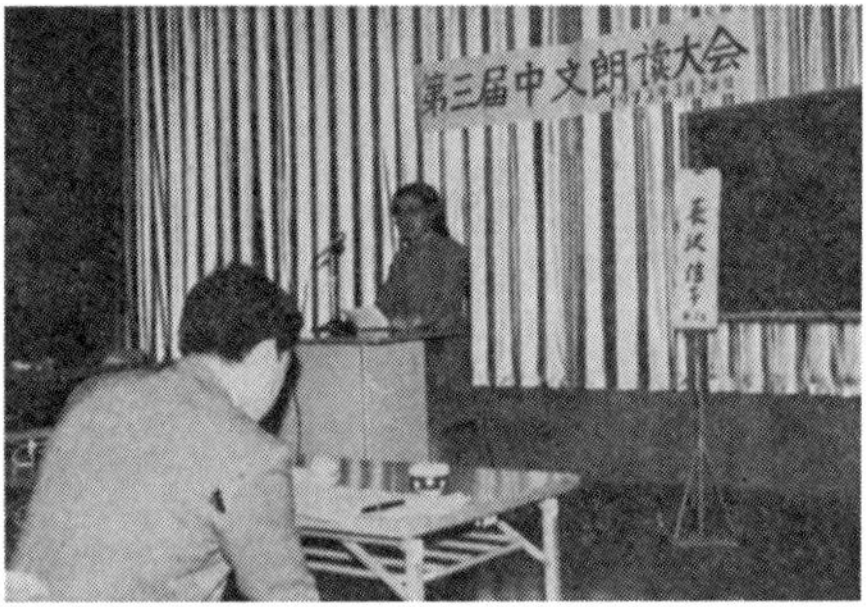

大阪華語学院、観摩会での朗読（1973年3月、神戸）

競いあうのだ。観摩会の準備にはいつも二カ月くらいかかった。べつに先生が手とり足とりしてくださるわけではない。自分たちで題材を考えるところからはじまる。劇をする者、相声《シアンシヨン》（漫才）、座談会をする者など、いろいろであった。

とくに劇をするときには、全員のセリフを覚えなくてはならない。はじめは、皆自分のセリフだけ覚えて集まったものだ。だから稽古《けいこ》に入ると、たちまち沈黙がつづく。お互いに顔をじっと見あわせてはじめて気がついたりした。また、相手の熱演に見とれて自分の出番を忘れたり、なんとか発表にこぎつけるまでは、それこそ笑いと涙の物語であった。

発表会はいつも一泊の合宿でおこなわれたので、その夜、全員で語りあかすのも、大きな楽しみであった。当時は、そうそうたる先輩にも、まだ中国語の仕事はほとんどなかった時代だったので、それは純粋に同好者の集まりであった。

そして、後日その総評が機関紙「争鳴《そうめい》」特集号に発表されると、そこでまた、熱演賞や優秀賞、敢闘《かんとう》賞などに一喜一憂しあうという仲間ができていった。

のちに、私は夫の転勤でまた東京に戻ることになったとき、お別れにさいして、高先生にお礼状を書いた。

先生はすぐ返事をくださった。

「何回かの観摩会で、そのたびに、あなたは大きく成長されました。よく動きましたね。人生は動くことです。あなたにとって大阪在住の数年間は、本当に充実したものであったと思います」

私はびっくりした。いつも私の出来が悪いことに不機嫌で、「長澤の中国語はプレハブ、即席ラーメン……」と評されていた先生であったが、それなりに認めてくださっていたのか。

それから四年後、先生は新たに「中国語同時通訳研修所」を開かれた。いよいよ中国語にも、はなやかな同時通訳の活躍する時代が来たのだ、と私は感無量であった。

昭和五十五年（一九八〇年）十二月十三日のオープニング・パーティーのご通知をいただいたので、喜んで大阪までお祝いにうかがった。久しぶりにお目にかかった先生は、すこしもお変わりなく、ますますお元気そうであった。私は日本の中国語学習者のために、先生のご健康を心から祈らずにはいられない。

夫のつぶやき、その二

私のサラリーマンとしての処世訓《しょせいくん》みたいなものに、「人間万事、塞翁《さいおう》が馬」というのがある。勤めていれば当然、転勤でなくとも仕事が変わるし、自分で異動しなくても、上司や先輩が変わることは、しょっちゅうである。ときによっては苦境に立ち、胃がキリキリ痛むような思いをすることもある。しかし、そのときどきの事情に一喜一憂するのは間違いだ、と。少なくとも心がけとしては、そうありたいと思っている。

そのせいでもあるまいが、若いときからずいぶん、いろいろな仕事をやらされた。おそらく社内では多彩な経歴を持っているほうだろう。

そうした会社生活の中で、大阪支店勤務の七年間というのは、私の一事業所勤務の最長記録である。そしてその間に、家内が、学校から道場をへて、多くの師友に恵まれながら、通訳・ガイドの国家試験に合格、プロとしての第一歩を踏みだしたことを思うとき、彼女の持っているツキみたいなものを感じる。

とはいっても、もちろんツキだけではない。彼女のガンバリも相当なものであった。自分の女房のことをそんなふうにいうのもヘンなものであるが、一時期の勉強ぶりには鬼気《きき》迫るものがあった。

彼女の表現では枕ことばのようになっている〝帰りのおそい夫〟であった私が、夜ふけに帰ると、それまで勉強していたらしい本、ノート、辞書などをそそくさとかたづけて、おそい夕食の相手をするのだが、寝つきのすこぶるよい私がふと夜中あるいは明け方に目を覚ますと、となりに寝ていたはずの家内がいない。ハテどうしたのかなとみると、隣室から声をおし殺した朗読が聞こえてくる、といった具合である。

あれだけやれば相当覚えが悪い者でもたしかにできるようになると、なかばあきれながら、ひそかに感心し、反面、ぼつぼつ大学受験期を迎えた長男が、せめてこの半分でもやってくれたら、と思ったりしたものである。

あれは家内の通訳試験の一回目であったか二回目であったろうか。私もどの程度のものか興味があって、ひそかに英語で受験してみた。テストの最初のほうは比較的やさしい問題で、こんなものかと思っていると、やはり世間はそう甘くはない。だんだんむずかしい問題が出てきて、最後のほうは私の英語力では歯が立たなかった。結果はもちろん不合格。

以後、挑戦していないが、心のどこかでは彼女にできたことならおれにできないはずはない、語学ならこっちには相当の基礎があるのだから、などと思っているのだが、さて、あれだけのガンバリが定年後の自分にできるだろうか——答えはどうもノーである。

夢を実現させるために

自分で収入を得る道を考える

外国語を習おうと思い、それを中国語に決めたからといって、それが生きがいにつながるかどうかということは、まったくの白紙であった。

はじめは、おもしろいと思ってやったことが、すぐに色あせることもあるし、人に誘われて、ついていっただけなのに、意外に楽しかったりすることもある。やってみておもしろいというものに、幸運にもめぐりあうことができたら、なんとか、それが長つづきできるよう側面から固めていかなければならない。

私の場合、手さぐりではじめた中国語が、やっとなんとかわかりかけてきたのは二年過ぎたころからだった。はじめの一年は無我夢中のうちに過ぎた。すこしおもしろくなった二年目も終わり、三年目になったとき、おぼろげながら感じはじめた。

——これこそは、私の探し求めてきた世界かもしれない——と。

いわば土にまいた種子が、やっと芽を出したともいえるだろうか。私はこの苗を大切に育てたかった。木は地上に出た部分と同じだけの根を地下にも張るという。どうかこれがりっぱな木として育ちますように——。そのためには、日光と沃土《よくど》、添木《そえぎ》や剪定《せんてい》や防虫にも心がけなければならない。そこで新しい課題が生まれてきた。私にとって、それはさしずめ、健康と学費、家族の理解、そしてくじけることなくそれを実行していける自分の気力、とでも置きかえられるのだろうか。

まず、自分で収入を得る道を考えよう、と真剣に思いはじめたのも、このころであった。すこしあった予備金はもう底をついていた。

当然である。テープレコーダー四台、月謝、教科書、辞典類、それに加えて中国人との交際費もかかるのに、私の収入はゼロである。このままでいけば行きづまる。そのうえ、この三年間に、私の夢はますます大きく広がってきた。

ああ、中国へ行ってみたい。行って現地の人と直接話をしてみたい。広大な大地に立って地平線をこの目で見てみたい。

夫の収入はいわば一家の公費である。私個人の楽しみのために多くはさけない。とくに中国語をはじめてからは、なにかと家事はおろそかになりがちであった。このうえ家計簿に自分の「生きがい代」など計上するわけにはいかない。まして子どもはこれから、高校・大学への進学をひかえている。それに私の親も年をとった。

主婦の働きは、月給に換算すれば二十万円以上にあたるといわれている。でも、それだけ引いてしまったら、あとはいったいどうなるのだろうか。

頭の中でいろいろな問題が渦《うず》を巻く。私はまたふりだしに戻って考えた。

いまの自分になにができるか。どのくらいの時間がさけるか。家族と、どうやって上手な人間関係を保っていけるか……。

人から、

「あなたは恵まれているわよ。ご家族の理解があって」

といわれる。でも世の中に、家事の手をぬいて、好きなことに熱中する妻に賛成してくれる夫がどこにいるだろうか。ましてわが家の女手は私ただひとり。このうえ、時間を他のことにまわすのは、はたして可能なことだろうか。

自分の世界をすこしずつ広げていくうちに、家族の不満もすこしずつ広がっていったらどうなるだろうか。これでは、子育てあとの〝生きがい〟のために、というはじめの目的は根底からくずれてしまうではないか。家族の不満を最小限度におさえ、自分の世界をすこしずつ広げていくには、どうしたらいいのだろうか。

それには、私のすることが家族の手助けにもなってほしいと思った。マイナスの面があっても、それを補ってあまりあるプラスの面があれば、その部分だけ、中国語という余分なものも加えられる。

そうだ。中国語というものは、家族にとっては多分に余分なものだったのだ。私の計画は十年、二十年後の自分の生活の潤《うるお》いのために、という遠い将来のものなのだ。ここ一、二年は、その基礎となる経済的基盤を固めることのほうが先決だ。私に経済力がつけば、夢はさらに大きく広がる可能性が出てくる。長い後半生を生きぬくために、ここはひとつ、しっかりと腰をすえて考えることにしよう。

収入の道について私はまず三つのことを考えた。

第一、すぐにパートタイムに出るのはやめたい。

第二、なるべく職場が自宅の近くに求められること。

第三、就職口の多いもの、できればなにか資格をとりたい。

考えをまとめるために、私は以上を箇条書《かじょうが》きにして、じっと眺めた。

家族の手助けにもなり、そのうえ、この三つの条件を満たすもの……。それはそう簡単には見つかりそうにもなかった。

私が三十歳のとき、新聞広告の求人欄は、女性は三十五歳までぐらいのものが多かった。それから四十歳になったとき、定年延長の風潮の中で、それは四十くらいまでになっていた。しかし世の中が不況になるにつれて、延長もそのへんでおしまいになった。こちらの年は遠慮なくふえていくのに、四十過ぎて手に職のないものには、仕事は残されていない。

甘いことばで誘われたパートタイマーは、不況のときにはまっ先に整理の対象になる。仕事をつづけたければ、まず世の中が要求するような力を身につけることだ。さもなければ長い半生を働きつづけることはとてもできない。

私はそのとき三十八歳になっていた。しかし、二年間ぐらいなら、まだ大丈夫だ。家庭と中国語と、そのほかにもうひとつなにかをやるだけの気力は、いまならまだ自信がある。

そうだ、四十までになんとかものにしよう。四十からが私の人生だ。

あとになって私は〝四十雀《しじゅうから》の集《つど》い〟という会をつくり、その世話人になったが、その名前は、このときの思いをそのまま移行したのだった。

そうだ、看護婦の資格をとろう

資格の本を調べ、その中のひとつの「看護婦」を選ぶまでには、ずいぶんと時間がかかった。考えに考えたすえ、私は「准看」の資格をとることに決めた。

「なぜそのとき、中国語に関係した仕事を探さなかったのですか」
これもよく受ける質問である。でもそのときは、やっと中国語のおもしろさがわかりかけただけであった。日中国交回復前の両国間には、まだなんの往来もなかった。中国は近くて遠い国であり、中国語で収入を得るということは、夢のまた夢の時代であった。

主婦がなにか仕事をはじめたいと思ったとき、突きあたるいちばんの問題は、家族が病気になったときではないだろうか。自分はもちろんだが、なによりも大切なことは、一家が健康でいてくれることであって、その裏づけがなければ、主婦が外で仕事を持つことはなかなかむずかしい。わが家の双方の父は早くに逝《い》ってしまったけれど、母は二人とも健在である。私の母は、このとき七十五歳になっていた。東京でひとりで暮らしていたが、早晩、大阪に呼ばないと心配だった。

私は娘ひとりで、親の世話をするのは当然である。看護の知識が、家族にとってプラスにならないはずはない。病院勤めをすれば、万一家族が病気になっても、なにかと好都合でもあるし、かたわら、中国語をつづけられるかもしれない。

看護学校には、高等看護学校（高看）と准看護学校（准看）がある。高看は大学受験と同じだし、三年間の修業年限が必要で、そのうえ年齢に制限がある。ここで私は早くもシャットアウト。だが、准看は中学卒の資格があれば受験できる。

私は電話帳を広げて、片っぱしから問いあわせてみた。そして、二年間の修業でよく、しかも年齢制限のない学院が見つかった。そのうえ、半日は学校、半日は病院勤めが義務づけられていて、その手当は当時の一般のパートタイムの時間給よりずっとよかった。願ったりかなったりで、私は大喜びでここに決めた。学校の所在地を確認し、願書を出し、入学試験……と話はトントン拍子に進んだ。受験科目は、数学、国語、作文、面接と、二日間にわけておこなわれた。

受験当日、会場に着いたら、保護者控え室に案内された。

「あのう、私、受験生なんですけど」

「え？」

びっくりした顔が私を見つめる。無理もない。受験生は中学卒、十五歳ぐらいの人たちばかりだ。よく、親子ほども年がちがうというが、そのとき、次男が十五歳、まさに親子のひらきがあったわけである。

ここだけではない。実際に入学してみたら、今度は先生に間違えられた。そして病院に勤めるようになったら、患者さんから「婦長さん」と呼ばれた。どこにいても、私は、いつも場ちがいな存在であった。

入学試験の合格発表の日、私は自分の名前を見つけて、うれしかった。ただし、すぐその後には難関がひかえていた。子どもになんといって話そうか。主人の許可をどうやってもらおうか……。

夫の反対

看護婦志願は、主人のはげしい反対にあった。資格をとるための二年間、主婦と学校と病院と中国語とを、同時にこなすことはあまりに負担が多すぎる。中国語に専念しろ、というのが理由であった。

だが、「自分で自由に使えるお金がほしい」とはいいにくい。私はここで、ひそかに考えていたことを正面に押しだして頼んでみた。

「語学は所詮《しょせん》、手段にすぎない。私が将来もし機会があって中国を訪れるときがあったら、なにかひとつの目的を持って行きたい。語学の勉強のためだけに中国に行くつもりはありません。そのとき、専門はなにかといわれたら、医学だと答えられるようになりたい。中国医学はいま世界の注視の的《まと》になっているし、鍼灸《しんきゅう》にも興味があります。看護婦の資格を持っていることは、決してムダにはならないはず」

私としては背水の陣をしいたつもりで、必死の防戦であった。

黙って聞いていた主人は、やがて二つの条件を出した。
一、体に無理なようだったらすぐにやめること。
二、二年間大阪にいる保証はない。そのこともよく考えておくこと。
「ありがとう。必ず約束します」

私は翌日、自分の部屋に二十四個の丸印を書いた紙をはりだした。これを一つずつ消していけばいい。

二十四カ月だ。たった二年間だ。それさえ乗りきれば、夢は何倍にも広がっていく。どうか二年間、無事に乗りきることができますように……。私はそのほかのことは、いっさい考えていなかった。


東淀川区《ひがしよどがわ》医師会附属准看護学院の第十二回生になったのは、私が三十八歳の春である。幸いなことに、この学校は家から私鉄で二駅のところにあった。社宅の移動があり、前の年に私たちは高槻の富田から、尼崎《あまがさき》の園田《そのだ》に移っていた。

看護学校への入学は、半日の病院勤めが義務づけられている。学校に入るさいの保証人は病院なのであった。なにも知らない私は、病院も学校から紹介された。梅田にある京大系の総合病院、北野病院が私の保証人と決まった。

病院の総婦長室にあいさつに行く。

「お話は学校から聞きました。とりあえず中央材料室に行ってください」といわれた。

中央材料室（中材）は地下にあった。ここは病院内のあらゆる治療処置や看護に使われる必要物品の保管・消毒・供給をするところである。

高圧・高温蒸気利用の滅菌設備のオートクレーブ、乾熱滅菌器、洗浄用器材類がなにかおそろしいもののように並んでいる。倉庫のような広い収納場所には、各種の消毒品、予備材料が見事に整理されて納まっていた。これを全部覚えるのは大変なことだった。

業務の流れは、使用ずみ器具の受入れ→数の点検→洗浄→セットづくり→包装→日付記入→滅菌→保管検査→供給となる。

人命をあずかる病院の仕事となれば、ひとつひとつの仕事にもミスは決して許されない。それは、本当に戦場のような緊張感あふれる職場であった。

朝八時、各病棟や外来から使用ずみの品物が中材に戻ってくる。物品の返却と請求は、すべて伝票で処理される。私たちはいっせいに、戻ってきたペアンやコッヘルの数をあたる。数が伝票どおりなら、それらをすぐに洗浄のほうへまわす。なにしろ種類が多い。鑷子《せっし》（ピンセット）の有鉤《ゆうこう》・無鉤《むこう》の区別など、指先でたしかめてみないと

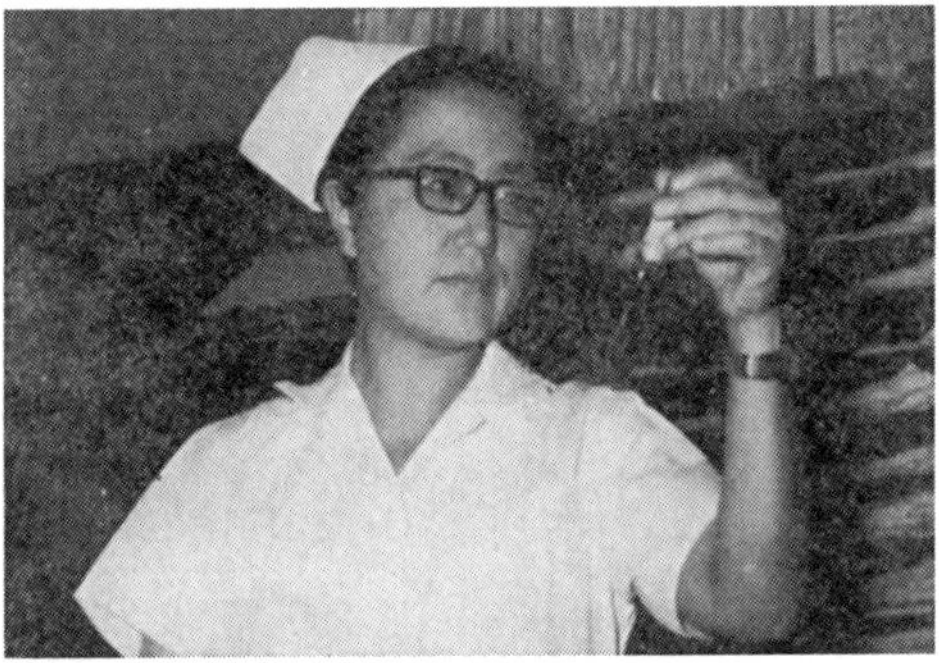
北野病院産婦人科に外来看護婦として勤務する（1975年春・42歳）

はじめはわからなかった。しかも大・中・小とある。

ネラトン（胃液検査などに使うゴム管）なども微妙なちがいで号数が変わる。何本ものネラトンにからまれて収拾がつかなくなる。

「どら、かしてみい」

もたつく私を見かねて、ベテランの人たちが、それらを目にもとまらぬ早技でかたづけていく。

なにしろ五分たつと周囲のようすが変わってしまう。返却された品物が終わるころには、洗浄されたものがあがってくる。洗いあがったものはすぐ乾《から》ぶきと油ぶきにうつる。

左のわきにタオルの片はしをはさみ、指でそのタオルをピンと張る。そのタオルのミミにピンセットをはさんで押しつけてちょっとこする。すると、この部分の水気がとれるのだ。同じように油布に持ちかえ、すべての油ぶきをする。

私は家事をかたづけていくのは比較的手早いほうだと思っていたのだが、ここではとてもついていけない。なんとかついていけたのは、洗いあがったタオルの山を、一枚ずつ四つ折りにして、すばやく二十枚単位で積みあげていくことぐらいだった。職場のきびしさ、プロとはこういうものかと思い知らされた。

午後になると、はじめて腰をおろして材料づくりになる。その時間には、私は学校に行く。

あの仕事のルツボのような中で、なんとか二年間過ごしたことで、私はどんなに忙しい職場に行っても、やっていける自信がついた。

昼は病院、夜は学校

朝七時半に、私がいちばん早く家を出る。午前中は病院に勤め、午後学校に行き、週一回は夜間の中国語学校に通うという日々がつづいた。

主人が心配していたように、精神的にも肉体的にも負担が大きくのしかかってきた。大変な生活をわれながらはじめたものだと思うこともあった。でも、いくら疲れても、自分でいいだしたことだ。決して、疲れたといえないばかりか、そんなそぶりを見せてもいけない。そうしたら、すぐに「やめろ」といわれてしまう。いきいきと、幸せいっぱいであるふりをしていなければいけない。が、内心はまったくつらい日々であった。

部屋の壁にはった丸印を、一カ月ごとに、ひとつずつ赤いマジックで斜線を入れて消していった。力いっぱい線を引くことで、私は自分を励ました。あと二十三、あと二十二……。

十二個の丸を消し終わると、病院実習がはじまった。総合病院のすべての科を二〜三週間ずつ見習看護婦としてまわるのだ。そして終了後は実習日誌を提出し、婦長または主任が採点して学校にわたす。ペーパーテストと、この実習の点数で卒業が決まる。落第点だったらまたやりなおしである。

学校とちがい、実習ではドクターとナースと患者という新しい関係に早くなじまなければいけない。四月から十二月までのこの病院実習は、たしかに大変だった。年をとっていても、学校だけならたいした違和感はないが、実際に人に接する現場となると、遠慮のない好奇心からの質問をさりげなくかわすことに、よけいな気をつかわなくてはならなくなる。なにしろ患者と語るということも大切な勉強のひとつなのだから。

実習が終わったときはうれしかった。まだ卒業試験も資格試験も残っていたけれど、とにかく山はこえた、という気持ちだった。

病院や学校に通っている間に、いちばん不安な気持ちになるのは、春秋のサラリーマンの転勤シーズンだった。私は、もし主人の転勤で動くようなことになっても、必ず転勤先に近い学校を探して、転校してつづけるつもりでいたが、できれば二年間はここにいたかった。

転勤シーズンになると、ひそかにニュースを恐れ、季節が過ぎると、ほっと胸をなでおろしていた。

こんな最中であったが、私はこの年も通訳の国家試験に挑《いど》んだ。実力を試すというより、そのことによって、目下《もっか》、看護学校に行くためにおろそかになりがちな中国語に、歯止めをかけるためでもあった。

通訳ガイドの国家試験に挑戦

運輸省（現国土交通省）の通訳ガイドの国家試験は、毎年一回、全国各地で行われる。私がはじめてこの試験を受けてみたのは、大胆にも習いはじめて二年目のことであった。

この年、まだ早すぎて力もないのはわかっていたが、とにかく経験のために、誰にもないしょで受験した。

が、会場についておどろいた。なんと、知った顔が何人も来ているのである。そして、それぞれお互いに顔を見あわせて、

「あんたも来たん」

といって大笑いした。来るときはひとりだったが、帰りは大勢でにぎやかだった。

ガイド試験には、おもしろい問題が出る。

「あの「弾丸之地」ってなんやの」

「私、戦場って書いたけど」

「私、新幹線と思ったけどね。だって弾丸列車っていうやんか」

これは、辞書によると、わずかな狭い土地のことで〝猫のひたいほどの土地〟が正解らしかった。

虫の名前も必ずひとつぐらい出る。

「毛虫が出て、ゲジゲジが出たから、来年あたりはゴキブリかもね」

と話していたら、本当にゴキブリだったこともあったらしい。

「高先生にないしょね」

「もちろん」

「あんなもんに落ちてどないする」といわれることを知っているから、皆、先生に黙って来ているらしい。もう何年もつづいているとみえる。よし、私も来年から、受かるまでつづけてみよう。

この年、問題をはじめて見た私は、むずかしくてびっくりしたが、時間の配分と、問題の傾向はだいたいわかったつもりだった。あとは対策を立てるだけだ。新たに目標ができたので、学習にもいっそう張りが出てきた。

翌年、今度は満を持《じ》して試験にのぞみ、八割はできたと思って帰ったのだが、結果はやはり不合格だった。

その失敗にこりて、もう目標を試験だけに置かず、もっと幅広くと、手あたりしだいに本を読み、日記をつけ、朗読をつづけることにした。中国人の友だちもできて、お互いに招いたり招かれたりで、いっしょに遊びに出かけたりもした。こうして中国語と接することが、ごく自然に私の生活の一部となっていったのである。

待望の合格通知を受けとったのは、次の年の昭和四十八年（一九七三年）の秋であった。

その年の受験は、長男のことで東京へ行く用事と重なったので、東京会場に変えることにした。これが幸いして、三浪せずにすんだのかもしれない。

それというのも、会話の試験で、第一問目に、

「あなたは現住所は大阪なのに、なぜ東京で受験したのですか」

と聞かれたからである。私は内心、しめたと思った。似たような問いかけに、いままで何回答えたり、説明してきたことだろう。

ことばのなまりはお国の手形とかいう。私がどんなに大阪弁らしきものをまねしても、所詮まねられるものではない。

「あんた、東京の人やね」

と、すぐに見やぶられる。そこで、

「じつは主人の転勤で……」

と、いつもはじめることになるのだ。

これは、いい質問をされた。転勤が〝調工作《テイヤオコンツオ》〟で、引越しが〝搬家《パンチャー》〟だ。私はうれしくなって、なぜ東京に来たかの答えだけでなく、

「長男は来春大学受験です。家の者は、もし私が今年試験に受かれば、長男も合格、落ちれば二人とも不合格、といっています。とくに私は、今回で三回目なので、今年

は、自分のためと家族のために、ぜひとも受かりたいと思っています」

聞かれもしないことを、このときとばかり、勢いこんで話したものだ。

中央に座って質問をされたのは、東京外国語大学の長谷川寛先生、左右には審査員が座って採点されていた。

長谷川先生は、私の答えを聞くと両側の先生といっしょに笑いだされて、二問目に、

「なかなか流暢ですね。あなたは中国語をどうやって学ばれたのですか」

と問われた。

とっさに私は、「活学活用」といいたかったが、

(待て、これは成語だ。成語は軽々しく使ってはいけない。最後の切り札だった)

と思いなおして、

「まず二つの学校へ通いました。作文の勉強には日記をつけました。毎日一時間は必ず朗読もします。会話は、中国人の友だちと週一回会って練習しています。すなわち、習ってきたものを活用するために。〝活学活用〟が私の勉強法です」

「作家は誰が好きですか」

「魯迅です」

「むずかしいでしょう。なにを読みましたか」

「『魯迅作品選』を読みました。中でも『為了忘却的記念』が大好きです」

忘却の為の記念——がここでも役にたつとは思わなかった。

「もういいでしょう。いかがですか」

長谷川先生は左右の先生方にたずねられた。

「けっこうです」

立ちあがって一礼したとき、私は一瞬、ここが試験場だということを忘れてしまっていた。深々とおじぎをしながら、

「どうもありがとうございました。機会がありましたら、またぜひ、お目にかかりたいと思います」

「もう、来ないほうがいいんでしょう」

先生方は笑いながら答えてくださった。

ついに、合格

二次の合格通知はすぐに来た。第三次試験まで二週間しかない。三次試験は日本史、日本地理、一般常識である。私は本屋に飛んでいって、大学受験用の「社会」と入社試験用の「一般常識編」を買ってきた。それから大急ぎで、各ページの下にある〝ポ

イント〟だけにしぼって要点を書きぬいた。

ままよ、あとは〝听天由命《ティンティエンヨウミン》〟（運は天にまかせて）だ。落ちてもともと、三次だけは一年保留がきくのだ。

それでも、三次試験の合格通知が来たときは、夢かと思うほどうれしかった。よかった。これで、いままで協力してきてくれた家族に晴れて報告することができる。おかげさまで、ここまでやれました、とお礼がいえる。

さあ、大掃除だ。家の中の大整理をはじめなければ……。とにかく試験がすむまで、と目をつぶってもらっていたのだ。主人も息子も、口うるさいことはひとこともいわないでいてくれたから、そういう意味での協力は、なににもましてありがたかった。

メモ用紙をはじめ、不要のものをゴミ袋に詰めこむ手さばきの、なんと軽やかなことか。受験の緊張がほぐれて、安堵《あんど》とともに包みこまれる満足感。ああ、この種の感動は学生時代以来、何年ぶりのことだろうか。

机の上や出窓を磨きあげながら、私は今晩の祝宴のプランを立てはじめた。花もいっぱい飾ろう。赤飯をたいて、尾頭《おかしら》つきのタイはもちろんだ。なにしろ、勉強をはじめて、ようやくひとつの関門をのりこえたのだから。

東京にいる長男に電話で合格を知らせると、意外な返事が返ってきた。

「よかったね。これで看護学校をやめられるね」

あの子は、はじめから、私が看護学校に行くことには反対だった。

冗談じゃない。通訳試験に合格することで、家族、とくに主人に対する感謝の気持ちを形で表したかったにすぎない。これからが本格的なスタートだというのに。あの子は、私がなぜ看護学校へ行きはじめたのか、わかっていなかったんだなあ。

長距離電話で説明するには長くなりそうなので、あとで手紙を書くことにしよう。

私は気持ちが伝わらないもどかしさを覚えながら受話器を置いた。


一般に、通訳の免許をとればすぐ一人前に仕事ができると思われがちだが、これは大きな間違いである。実際、このとき、もし仕事が来たら、私は大恥をかき、再起できなかったかもしれない。中国との国交が回復しておらずすぐに仕事が来なかったことが、私にはむしろ幸いであった。

それはそれとして、合格を機に、私の姿勢として、アマからプロへギアを切りかえなくてはならないと思った。

「さあ、大変だ」心の中で覚悟を決めながら、そのうち仕事が来たらひき受けよう、と、勉強にはそれまで以上にはずみがつきだした。

ただし、看護学院のほうは、予習も復習もろくにできなかったので、どのテストも六十点すれすれの点しかとれなかった。多くの人たちは准看がすめば、高看に進むのでよく勉強している。

私は高看に進む気持ちはまったくなかった。心の中では、早く二十四個の丸印を消してしまい、中国語に専念したいと思いつづけていたのだから。

自分のお金で好きな道をすすめる！

翌々年の五十年三月、看護学院を修了した。そして大阪府の認定試験に通って、めでたく准看の資格を得た。

私は力をこめてゆっくり、二十四個目の丸印を消して、すぐ美容院に行った。腰まであった髪を思いきって短く切る。

さあ、これでいい。やっと自分で得た収入で、好きな道の勉強をつづけるという態勢が整った。さらによいことに、この組みあわせは、自分の好きなように変えられることだった。収入に比重を置けば、食べるだけなら一家を支えることも可能である。週二回ぐらいのパートでも、学費だけなら十分だ。夜勤をするつもりなら、昼間の時間は自由に使える。

もう大丈夫、中国へ行く旅費も貯金できる。母が倒れても勉強はつづけられる。私は自分の生活の設計図に、バラ色の夢を描いた。

外国語にかぎらず、なにかをマスターするための三条件――

一、興味を持てるか。

二、時間がさけるか。

三、お金がかけられるか。

この最後の項目に、いま晴れて「はい」といえるようになったのだ。

卒業式がすんで総婦長室にあいさつに行くと、入学以来お世話になっていた山子さんが、はじめのころを思い出して、こういわれた。

「おめでとうございます。よくがんばりましたね。じつは私たち、あなたのことを学校から頼まれたとき本当に困ったのよ。はじめてのケースだったしね。どうせ長くつづかないだろうから、まあ中材にでも置いておこうって。なにしろあそこは、ものすごく忙しいから。

悪かったと思っています。ごめんなさいね。もっと早く気がついて、病棟で勉強させてあげるべきだったわ。おわびといってはなんだけど、今度はあなたの希望のところにしましょう。どこに行きたい？」

そこで、私はかねてから行きたかった産婦人科を希望した。理由は簡単だ。私がいままでで最も感動したのは、子どもを産んだことだからである。

私が教育実習で病院中をまわったとき、新館三階のこの病棟だけは、華やいだ雰囲気に満ちていた。できることなら、私はこの場で働きたかった。

私の希望は受け入れられた。

夫の転勤は、ちょうどそれから一年あとのことだった。私はたしかに運にもめぐまれていた。お世話になった北野病院で、晴れて希望どおり産婦人科のナースとなり、一年間、勤めることができた。病院勤務足かけ三年、という履歴を持って東京に帰ることができたのは、幸運というほかない。

東京に帰って三カ月目に、今度は自宅の近くの幸野病院に勤めることにした。この病院にはやはり産婦人科がある。けれどこの病院の決まりで、看護婦は交代に内科・外科・産婦人科をまわることになっている。ここで私は外来と病棟を、週一回、当直することになった。

私はいまでも、ピーポーピーポーという救急車のサイレンの音を夜中に聞くと、はっとして目が覚めることがある。当直のときのあの音はおそろしかった。どんな患者が運ばれてくるかわからない。

ぜんそくの発作の患者には、それこそゆっくりと息を殺して静脈注射を打つ。自殺未遂のときは、ただちに胃洗浄をする。なぜかお産は夜中が多い。胃けいれんの男性は、何人かで押さえこまなくては注射もできない。

当直明けの朝、仕事の申し送りを終えて家路につくときは、体は疲れていても、なんとさわやかだったことか。私は仕事が好きだ。精いっぱいやった、という思いがあるとき、生きているという実感がわいてくる。病院勤めは私のもうひとつの緊張の場であった。

第二章　「新しい自分」を生きる

「母親定年」のとき

投書から十四年目に出た記事

二十五歳のとき出した投書が、このような形で実を結ぼうとしているとき、私のことがふたたび読売新聞にとりあげられた。昭和四十七年（一九七二年）四月のことである。

「生きがいを求めて」――十四年前、本紙に投書を寄せた一主婦、長澤さんのその後――という副題がついていた。

この日、朝から電話がひんぱんにかかってきた。最初の受話器をとってはじめて、今朝の新聞に私の記事が載ったことを知ったのだが、読者の反響の早さにはおどろかされた。

その多くは主婦の方で、会ってみたい、くわしく話を聞きたいという方が大半だった。

病院へも見知らぬ方がたずねて来られた。家へ手紙がどんどん来だした。いったい、これはどういうことなのだろう。聞けば新聞社にも問いあわせが何件も来ているという。

その反響の大きさにこたえて、もう一度、五月十七日にくりかえしとりあげられた。「朝は看護婦、午後は中国語」――共感呼んだ長澤さんの体験――というのが二度目の見出しであった。

なぜ私の記事がこんなに多くの方々の共感を呼んだのだろう。

「いい記事に書いていただいたからですね」

といったら、記者の方は、

「記事も料理と同じです。素材が大切なのです」といわれる。

私はつくづく考えこんでしまった。私はいままで、こんなに大勢の人が同じような悩みを持っているとは考えてもみなかった。なぜなら、あのころ、子どもがかわいいさかりに、私が子育てのあとの寂しさを思い、どうしたらいいかと相談したとき、皆が完全に無視したのだから。

手さぐりでなにかを探し、戸惑いながら方向を求め、足もとをたしかめながら一歩ずつ歩いているうちに、思えば十四年の歳月がたっていたのだ。

私はこのとき、マスコミという力によって、思いもかけないこのような大勢の共鳴者がいることを知った。これがおそらく、時の流れというものであろう。

新聞にとりあげられると、その記事を見たテレビ局から声がかかる。すると、そのテレビを見た方から電話が来る。いずれも共通していることは、

「もっとくわしく話を聞きたい」

ということであった。

電話ですむことではない。とても手紙で返事を書ききれるものでもない。私は日を決めて、その方たちに集まっていただくことにした。

その日、三十人くらいの方たちが会場に集まった。

「年齢制限のない看護婦の学校って、本当にあったのですか」

「四十歳近くなって、はじめての外国語をどうやって学んだのですか」

「もう年だと思ってあきらめていたけど、私にもなにかできそうな気がして」

「なんとなく生活に夢が持てそうな気持ちになって」

「とにかく、あなたに会ってみたかったんですよ」

集まった皆さんは、真剣になにかを求めている方たちばかりで、部屋はムンムンした熱気に包まれた。

そして、この集まりを、今後もぜひつづけていきたいということになった。私が四十歳で通訳、さらに翌々年に看護婦の資格をとって、自分の道を歩みだしたことから、この会に〝四十雀《しじゆうから》の集《つど》い〟という名前をつけた。四十雀は小鳥だが、自分自身の羽で飛んでいる、という気持ちもあった。

会の存在を知ってさまざまな人がたずねて来られた。

「四十からでないといけないんですか」

という問いあわせもあった。これは、年齢・性別いっさい関係のない自由参加の会である。集いは、回を重ねるにつれて、新しい人もふえてくるので、毎回私自身の簡単な会の説明からはじまって、あとは自由にお互いの意見を交換する。

家族構成とか、子ども、趣味などから共通の話題が生まれれば、自然な形で話は進み、全員に及んでいく。雑談の中から、それぞれがもしなにかのヒントを得ることができれば、それでいいと思っている。この会の唯一の目的は、自分の生き方を真剣に求める人たちが、友だちになれることだ。

古い友だちには古い友だちのよさがある。その人とでなければ語れない多くの思い出がある。でも、ともすればそれは過去をなつかしむことに重点が置かれ、その人とともに未来を語りあうことが少なくなってしまう。

くりかえし、美しい思い出を語りあえる友だちはふえはしない。年をとるにしたがってその数は減っていく。私は晩年の父が、友人が死んでいくたびに、寂しさを体全体に漂わせて葬儀に出かけていくのを何回も見た。

親友は若いときにしかできない、というのは、私はうそだと思う。しかし家庭を持つと、その交際範囲はどうしても限定されがちである。

近所づきあいやPTAの仲間、それ以外のまったく新しい人たちとのつながりが、もしかしたらこの会の中から生まれてくるかもしれない。

身のまわりには、いつも新鮮な風が吹いていてほしいものである。

仲間が刺激をくれる

あのときからはじめて年に一回ずつ、大阪と東京で開く〝四十雀の集い〟からは、確実に多くの友だちが生まれていった。

最初、熱心に看護学校のことをたずねていた方たちは、現在、もうりっぱに資格をとって働いている。

そのうちの一人、大阪のKさんは、さらに進学して高等看護学校も卒業された。

はじめての会に出てからその後ずっと欠席していたIさんは、五年目にお便りをくださって、出席された。あれから考えたすえに美容師の資格をとり、いまでは美容学校の講師になった、と話してくださった。

また、〝サンチョパンサ〟というコーヒー店のママになった豊中《とよなか》のSさん。店の名前にちなんで、スペイン語に挑戦してみたいと意気さかんだった。

ハイキングのサークルに誘われて、山歩きが大きな楽しみとなり、健康に自信がついたからと、昔から好きだった洋裁の腕を生かして教室を開いた高石《たかいし》のTさん。

〝集い〟のメンバーには、現に仕事を持っている人も多かった。

電話のオペレーターをしている方と知りあって、その方法を教わり、その後学校に通って資格をとった神戸のCさん、まだ子どもの世話のほうが大切だから資格をすぐ生かすつもりはないそうだが、ひとつのことをなしとげたことが自分の生き方への自信となった、と話してくださった。

それぞれの方たちの体験談が、お互いの励みになり、刺激となっているのである。

ときには、問題提起もある。

以前から持っていた資格が、年齢制限で生かせないと話してくださった箕面《みのお》のSさん。通信教育で保母の資格をとったのに、五十歳を過ぎるとなかなか仕事がないらしい。

こういう仕事こそ、子育ての終わった経験豊富な女性に最も適していると思われるのに、と残念でならない。

同様に、美容師や栄養士など、女性の多かった分野に、男性進出の現象が起きているため、年をとってからの就職は、さらにきびしいという職種もある。

資格をとりさえすればなんとかなる、という考えでは甘いようだ。なにをめざすかという選択は、十分考慮したうえでなければ、というのが、全員の一致した意見だった。

毎回、新しい仲間が加わりながら、この〝四十雀の集い〟は、七年目を迎えるまでに成長した。

待ちに待った通訳の初仕事

一九七二年秋、佐藤内閣から田中内閣にかわると、まったく、あれよ、あれよという間に、日本と中国の国交が回復した。私はテレビに映しだされる調印式を見ても、まだ信じられなかった。

主人のいったことは正しかった。

「日本と中国はこのままの状態ではいけない。必ず近い将来に国交は回復する。中国語は、英語に次ぐ語学になるよ」

もしかしたら、本当に近い将来、中国に行くことができるかもしれない。合格したばかりの通訳・ガイドの資格も生かせるかもしれない。私はひとりで胸をドキドキさせていた。

そしてついに、はじめての仕事が交通公社（現ＪＴＢ）から来た。

一九七四年九月、日中国交回復を記念して、日本航空（ＪＡＬ）と中国民航（ＣＡＡＣ）の定期就航第一便が、それぞれ北京と東京に到着することになった。その通訳である。

いまでも「一番機のとき」ということばが残っているくらいで、これは日航と交通公社にとっては社をあげての大仕事であった。

そのとき、日航側の総指揮をとったのが、直木賞作家の深田《ふかだ》祐介《ゆうすけ》氏であった。深田氏はこの仕事にたずさわる全員を前にして、次のような訓示をされた。

「いま、日本中の右翼が続々と羽田周辺に集まりつつある、というニュースが入りました。警備は万全を期しておりますが、皆さんもひとりひとりが盾《たて》となって、中国からの先生方をお守りするよう、お願いします」

私たちは、このひとことを聞いておそれをなした。ある人は、「私、おりる」といいだした。

事実、その次から現れなかった人がいたから、あるいは本当におりてしまわれたのかもしれない。

私は、初仕事にこのような機会を与えられたことを、なによりも幸せなことと思っていた。たとえ暴漢に刺されてもいい、おりる気はみじんもなかった。

九月二十九日、王震《ワンチエン》団長以下、九十八名の団体を迎えるために、その日の羽田空港には朝早くから厳重な警戒網がしかれていた。宿舎のホテルニューオータニは、多くの私服のSPでかためられていた。

午後二時、羽田には、VIP用のセダン五台と大型観光バス三台が静かに一行の到着を待っていた。午後二時四十五分、羽田十八番スポットに、人民服に身を包んだ代表団のにこやかな笑顔が次々に現れた。

すぐに日航主催のセレモニーがはじまった。私はスピーカーから流れる双方のあいさつを、自分の受け持ちのバスの入口に立って、緊張しながら聞いていた。セレモニーが終わり、引率者に誘導された団員が一列になってバスに向かって歩いてくる。

さあ、これからが本番だ。

私のバスは三番目だった。三番という旗についた一団が、だんだんこちらに近づいてくる。

先頭の団員が私の前で止まった。私は会釈して、

「歓迎《ホアンイン》、歓迎《ホアンイン》」

とあいさつした。

そのとき、力強い右手がさっと私の右手をにぎりしめ、

「你《ニィ》・好《ハオ》！」

というはずんだ大きな声が耳に入った。

そうか、你好でよかったのか。

次から次に握手して、団員はバスに乗りこむ。

「你好！　你好！」

それはいままで、教室でくりかえし練習してきた你好とはちがっていた。

なるほど、これだ。血の通った中国語とはこういういい方をいうのだ。

「你好は、日本語のニーハオではない」

といわれていた先生のことばの意味が、そのとき、はっきりとわかった。

仕事が緒《ちよ》についたとたん、私はあふれるような本場の生きた中国語の洗礼を全身に
浴びたような気がした。

翌日から表敬訪問がはじまった。行く先々では、各界の役員がすべての準備を整えて待ちかまえていた。私たちのような新米の通訳は、拍手拍手の中を、代表団の前後をかためて動けばそれでよかった。市長のあいさつなどは、長年中国で生活をした経験のある大先輩が、すぐに同時通訳をかって出てくださる。内心、私はほっとしていた。

代表団の行動スケジュールは、極力秘密にされていて、夜になると次の日の行動が発表になる。予定が急に変更になることもあったし、詳細はその日になるまでわからなかった。すべては安全第一ということが念頭にあったのだ。

表敬訪問が終わると、工場見学がはじまるが、工場名はふせてある。私たちは、とにかく指定された時間にバスに集合した。

簡単な指令が伝達される。

「今日の日程はつまっているから、見学は時間厳守。グループは散らないように」

目的地に着くと工場側の出迎えがある。

「今日は、工場見学のさいに小グループに分かれていただきます。雑音が大きいので通訳の方は拡声器をお持ちください」

前日の打ちあわせのときにもなかった話が、バスを降りたとたんに知らされる。

新米の私たちの出番である。お互いに、一瞬困ったような顔をして目と目を合わせたが、どうしようもない。覚悟を決めると、工場側の人に手ぎわよく誘導されて、それぞれのコースに分かれていった。

通訳の初仕事、一番機の皆さんと（1974・10・1）

熱心に案内してくれる工場側の説明にくらべて、私の中国語はあまりにも短いことばで終わってしまう。

「中国の人たち、わかっているんでしょうかね」

と、工場の人がささやく。

「多分、見ればわかるんじゃないですか」

「そうですね。時間がないから急いでまわりますよ」

「ええ。なるべく、はしょってください」

なんとも無責任な話であった。わかることだけ、ともかくゆっくり説明したが、自分の声が拡大されてマイクから出るたびに冷汗が出た。

「皆も困っているだろうと思ったわ」

よ」

「機械が何馬力、しかわからないんだもの。ただ、○○マーリー、○○マーリー《マーリー》、

「針のムシロとは、あのことね」

「ああ、マーリー夫人」

新人通訳たちは、あとでお互いに嘆きあった。足が雲の上を歩いているような感覚で、反省しきりであったその日のことは、そのときの仲間が集まると、決まって出てくる初仕事の笑い話である。

ハプニングのような工場見学を除けば、毎日が楽しくてたまらなかった。ああ、中国語をやって本当によかった、と思わない日はなかった。ひとつの外国語を学ぶということは、もうひとつの世界を持つことだということを、実感として知ることができた。

公式の訪問の間には移動日もあり、その日は、中国側の人たちもなにかしらほっとしたような休息日でもあった。そんなときは、こちらもくつろいで、いっしょに食卓を囲むこともある。何日か過ごすうちに、はじめの緊張がとけて、お互いの間に親しみがわいていた。

「中国にいたことがありますか」

「ご両親のうち、どちらか中国人ですか」

と大勢の人に聞かれた。私くらいの年ごろだと、多分そう思われるのだろう。

「いえ、私は日本生まれで日本育ちです。中国語は日本で勉強しただけです」

「上手ですね」

高先生は、ほめられるうちは下手な証拠だといわれたが、それでも私はうれしかった。

九日間の日程はあっという間に終わり、夕暮れの空の中を、代表団を乗せた飛行機が北京に向けて飛びたつのを、私は見えなくなるまで見送っていた。

こうして、私は通訳として非常に幸運なスタートを切ることができた。初仕事としては、それはなんという晴れがましい舞台であったことか。〝人の手がけぬ外国語〟だった中国語に、このとき、明るい光がさすのを見たような気がした。

はじめてあこがれの中国へ

看護学校を卒業するころ、神戸新聞のサークル案内に、

「鍼灸など東洋医学をごいっしょに研究しませんか。神戸子供病院、増原」

という一行が載った。

私が看護学校に入るとき「中国医学の勉強もしてみたい」といったのは、主人の許可をもらうための口実ではなかった。「できることなら、語学となにかを結びつけたい。もしも東洋医学と結びつけられたら最高だ」という思いは、つねに心の底にあった。

すぐに電話をかけると、それは看護婦さんたちの研究グループであった。月一回、第四土曜日の午後ということなので、さっそく参加させてもらうことにした。月一回の集まりでは、お互いが文献をたよりに、実際にツボを探し鍼《はり》を打つ練習からはじまった。不思議なことに、静脈注射も採血も平気でできる私たちが、あれよりずっと細い鍼に手こずることしきりである。血管をつく微妙な感触はよく知っているのに、深く皮膚に入れることができないとはどうしたことか。特別に講師を囲んで勉強するわけではないので、いつも試行錯誤をくりかえしていた。

神戸新聞には毎月サークル案内を出していたので、実習する人も徐々にふえていった。集まった人の中には素人《しろうと》とは思えないほど上手な方もいたので、そのうち私たちも、それぞれいくつかのツボには刺せるようになった。

グループには中国人もいた。いまはもう普及したが、そのころはまだ珍しかった近視予防の目のマッサージも、その中国人の楊《よう》さんから習った。私は自分が強い近視なので、これにはとくに興味があり、やってみると調子がよいので、いまでも暇があるとつづけているほど、病《や》みつきになってしまった。

何カ月かたつうちに、誰からともなくごく自然に、

「本場の鍼灸を見に行きたい。本当に鍼麻酔で手術が可能なのだろうか」

ということが話題の中心になった。

一九七五年のことである。中国は文化大革命の最中で、まだ一般には門戸《もんこ》が開かれていなかった。

「行けたらぜひ中国に行きたい」が、「なんとしても行きたい」に変わるには、そんなに時間がかからなかった。

行動あるところに道あり――そんなとき、サークルの一人だった華僑《かきょう》の楊さんの紹介で、広州《こうしゅう》の中山病院で鍼麻酔の見学ができる、というニュースを得た。しかも二週間も中国に滞在できるということである。

その日のために――かねて用意しておいた旅費もある。私は心の中で叫んだ。

「看護婦になっておいてよかった――」

当時、半日勤務のパートの給料は月約五万円であったから、旅費の三十万は決して安い費用ではなかった。しかし私は、目的を持って中国へ行くという当初の夢がかな

って、ただうれしいばかり。しかも、私はその訪中団の通訳なのだ、と胸をはる。

通訳が自分で旅費を払って行く、ということの不思議さなど、帰ってから人にいわれるまでまったく頭になかったし、それで当然という思いは変わらなかった。本場中国で中国語を使えるという喜びに、私はただ酔いしれていた。

一九七五年、四月二十日、長年の夢であったあこがれの中国の地に、はじめて降り立った。

亜熱帯の広州はもう初夏のよそおいであった。

広州空港に着いて、その興奮が静まる間もなく、私たちはホテルへ向かった。ここで病院からの見学日の通知を一週間待つことになるのだが、皆、観光旅行ではなく鍼麻酔視察という目的のために、多少、緊張した日々を過ごした。

本場の鍼麻酔をこの目で

広州の中山医学院付属第一病院を訪れたのは四月三十日である。メーデーを明日にひかえて白衣を着た職員らしい人たちが壁新聞をはっていた。

病院関係者に出迎えられた私たちは、二階の会議室に通された。

外科主任の譚浩芳《タンハオフアン》先生（女性）、副主任の車澱均《チアテイエンチユン》先生（男性）。革命委員会副主任から、二名の先生の紹介と病院の説明を受けた。ベッド数二千。付属医学部が二つあり、学生は千九百名ということである。

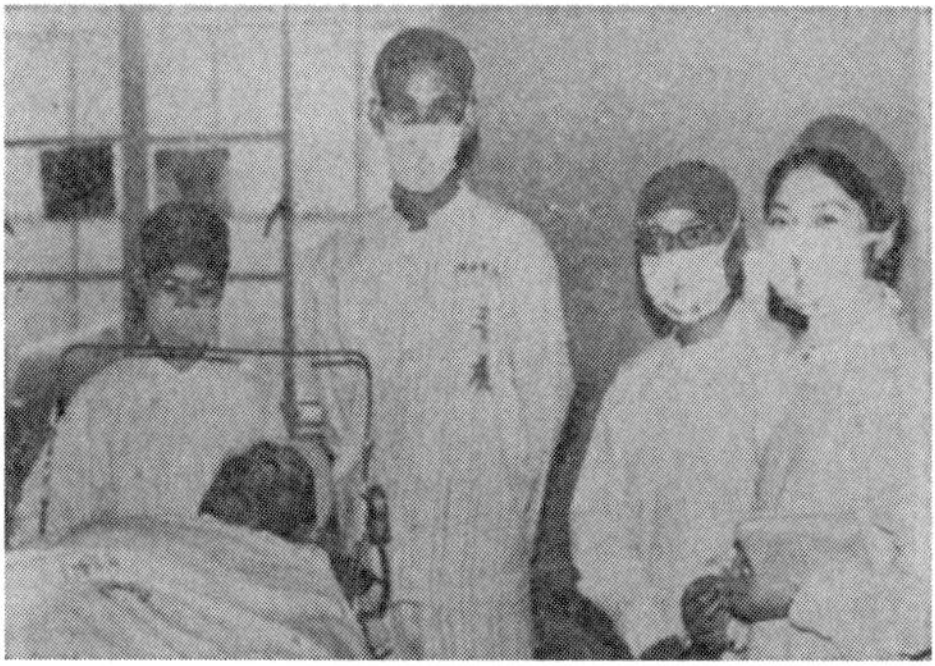

広州、中山医学院付属第一病院で針麻酔の手術見学（1976・4・30）

私たちが鍼麻酔を見学する第一付属病院は、七百ベッドで、医療従事者は千百名ということである。

病院側の説明の要旨は、

「文化大革命前の第一病院は、劉少奇《りゅうしょうき》の修正主義路線で、大部分が大衆向きではなかった。文化大革命がはじまってからは、毛主席の〝医療はすべて人民のためのものでなければならない〟という教えにしたがい、一部の医療従事者を病院に残し、他は農村での任務をおこなうことになった。そこでは主に、合作医療、過疎地の病気の予防、計画出産、衛生指導などをおこなっている。それから漢方医薬方面の発掘と向上をめざすようになり、漢方の研究がすすみはじめた。内科的には、漢方と西洋医学の合作で、胃潰瘍《いかいよう》の治療に成功し、鍼治療により西洋医学では不治の病といわれているものも治療している」

といいうことであった。

私たちは甲状腺腫瘍《しゆよう》と膀胱《ぼうこう》結石の鍼麻酔による手術を見学することになっていた。鍼麻酔は一九六八年よりはじめられたものである。その特長は——

一、数本の鍼で麻酔がすぐできる。
二、経済的である。設備が簡単にできる。
三、安全である。患者は意識がはっきりしているので、医療関係者と協力できる。
四、麻酔による副作用が少ない。
五、麻酔効果が広範である。頭から足の裏まで麻酔ができ、九〇パーセントの人に有効である。

だが、いいことずくめではない。問題点もある。

一、陣痛には不完全である。
二、筋緊張がある。
三、内臓手術の場合は不快感を覚える。

四、下半身は上半身にくらべ効きにくい。

などの点である。

いよいよ、オペ室に入る。病院の中は、どこも清潔ということには厳重な注意がはらわれているが、オペ室はその中でもとくに重要である。

看護学校の生徒だったころ、オペ室の実習がいちばん大変だった。手洗いだけでも、何回もやり直しをさせられた。石けんで洗い、ヒビテン（医療用殺菌剤）で洗い……。私はあのころのことを思い出しながら、与えられたガウンやマスク、帽子を身につける。

中国で、いま鍼麻酔手術のオペ室に入室が許可されたのだ、と思うと、興奮はなかなかおさまらない。落ちつけ、落ちつけ――と自分にいい聞かせる。

「ことばのできる人いますか」

「はい」

「すばらしいですね。あなた、看護婦でことばもできるんですか。何科におつとめですか」

「産婦人科です」

「お産があると見てもらうのだけど、今日はあいにくなかったな」

淡々と話してくださることばには、これからオペをするという緊張感は感じられなかった。私が見るかぎり、働いている人の誰がドクターで、誰がナースかわからない。

「誰にでもなんでも質問してください。ご遠慮なく」

私は深く頭をさげた。それ以外、いまの自分の気持ちを表す方法がわからなかった。

以下は、このときの私たちの見学メモである。


【膀胱結石摘出手術見学】
●九時二十分、ガウン、帽子、マスクをつけてオペ室に入る。
血管確保のため点滴開始。補液内容は五％ブドウ糖五〇〇cc。

女性麻酔医によって打たれた鍼、六本。それぞれ導線により、弱電流（低周波）を通すための鍼麻酔用の機械につながれる。鍼の部位は――

足関節の内側の突起（内　踝《くるぶし》）の三横指に一本。

下《か》腿脛骨《たいけいこつ》の突起部の下三横指に一本。

鼠蹊《そけい》部恥骨《ちこつ》結合線の上縁の外側約三センチに一本。

以上、両側に対称に各三本の計六本である。

弱電流が流れだして十五分後に執刀である。患者は三十歳ぐらいのたくましい青年。昨年八月に他の病院で同じ結石の手術を受け、再発のため二回目の手術である。二回目だから痛みがいくらかはあるだろう、とのことだった。それで手術中に、患者に痛みの程度を聞きながら適当に処置をおこなうとの説明があった。レントゲンで見ると、結石は一・七×二・八センチくらいである。

麻酔管理、記録、薬品補給、器械補給などの間接介助は、すべてこの麻酔医の仕事らしかった。

この手術にあたったのは、麻酔医一人、執刀医と介助医各一人、直接介助ナース一人の計四人である。

●九時三十二分、手術部の消毒開始。このとき、患者の脈搏《みゃくはく》は六〇。
●九時三十五分、ネラトンカテーテルにより、尿道カテーテル留置をおこなう。
●九時三十七分、いよいよ手術の準備が整い、包布が術部を残してかぶせられる。
●九時四十分、執刀。小声で「痛い」という声がして、患者の表情が強《こわ》ばる。「チエ、チエ」という舌うちがつづく。
血圧一一〇～五〇㎜Hg。麻酔医は頭部をマッサージする。創《そう》部《ぶ》の筋けいれんあり。

●九時四十七分、尿道留置カテーテルより生理的食塩水一五〇ccの注入。膀胱切開。
「長澤さん、聞いてよ。いま使った薬はなに？」

「クランケ（患者）、いまなんといったの」

「なにを話しあっているの？」

私は忙しかった。しだいに私は、中国の鍼麻酔を見学しているということを忘れ、通訳としての職業意識が先行していった。記録係とドクターの間を、私は何度も行き来した。
●九時五十九分、楕円形の表面がざらざらした淡血性色の結石（約二〜三センチ）がコッヘルにてとりだされた。結石はすぐ患者にも見せたが、一目見ただけで目をふせる。
●十時六分、筋層から縫合《ほうごう》開始。痛みの訴えがひどくなる。執刀医の指示で、局部麻酔剤〇・五％プロカイン五ccを創部に局注。
縫合中、麻酔医は患者の右耳介《じかい》上部から下部にかけて指圧を加えつつマッサージをおこなう。

●十時十一分、創部にペンローズ一本挿入、縫合終了。痛みはまだ残っている様子。顔色はやや紅潮気味。耳介周囲は指圧による発赤《はっせき》。呼吸状態は変化なし。血圧一二〇〜五〇㎜Hg。創部に当てガーゼをして尿道カテーテルは留置。麻酔医によりすべての鍼はとり除かれる。

●十時二十二分、手術終了。ちょうど一時間の手術であった。

見学させていただいたお礼をいうと、医師たちはにっこりうなずき、握手に応じてくれた。

オペ室といえば、普通、緊張しきった空気を想像するが、ものものしい機械もない部屋で、おだやかにふるまう麻酔医、術中でも気軽に質問に応じてくれる二人の医師は、それぞれじつに余裕ある落ちついた態度であった。

患者はほとんど自分の力でストレッチャー（運搬台）に移り、病室へ移送された。術中の出血は少量のため測定しなかった。

「あなた方なら怖くないでしょう。脳腫瘍の手術も見ますか」

「ぜひお願いします」

願ってもないことと、私たちは別の手術室に移った。この手術では十五、六人の学生が熱心に見学していた。

奇跡としか思えないのだけれど、頭に二本、顔面に一本（鼻翼《びよく》の下端から水平に引いた線と目尻から垂直におろした線の交わるところ）、それに眉間《みけん》に一本斜刺《しゃし》されただけで、頭蓋骨《ずがいこつ》を開いて脳の手術のまっ最中であった。

患者は経鼻カテーテルで酸素吸入していた。

ところがおどろいたことに、間接ではあるが、なんと患者が口をきくことができたのである。

「日本の看護婦さんが早く元気になってくださいといっています」

外科主任の譚浩芳先生が患者に伝えてくれた。

私たちは皆興奮していた。それはいままでの医療観念をくつがえすような出来事であった。マスコミで挿管による麻酔時の事故の確率がクローズアップされている昨今、いくら研究段階とはいえ、数本の鍼で意識のあるままこのような手術がなされるのを間近に見学できたのだ。

最後の質疑応答の席で、私は病院側の人たちに心からお礼のことばを述べた。そのとき、私の胸に、長い間の念願が実を結んだという熱い思いがわきあがってきた。

この春、下の子ども大学生になった。私の考えていた「母親定年」のときである。ひとつの終わりはまた新しいことのはじまり。このとき、私ははっきりとそのことを感じていた。

夫のつぶやき、その三

ある日、家族そろった夕食の席で、家内があらたまって切りだした。

「じつは、今日通訳の仕事が入ったの。友好訪中団に随行するということなんだけど……行かせてもらえるかしら」

（来たか）……私は心の中でつぶやいた。あれほど中国語に情熱を注いでいた彼女のことだから、いつかはプロの通訳として出発するだろうと覚悟はしていたが、その日がこんなに早く来ようとは……。

「よかったな、おめでとう。留守中のことは心配しないでいい。野郎三人で気楽にやっていくから」

家内は喜んだが、二人の息子を見ると、少々複雑な顔をしている。なにしろ、母親が二週間も家をあけることなど、はじめてのことである。私は前述のように、夫婦に対する持論があるから、主婦不在にも割りきれるが、子どもたちは、理路整然とした親子論があるわけでもなし、母親がいなくなれば、なにかと不便になるのは目に見えている。

しかし、そこは男の子である。私のＯＫの返事に、「おやじがいいっていってるんだったら仕方がないな」ということになった。

さて、問題は留守中の家事である。最初のうちは失敗もいろいろあったし、誰がなにをやるかでよくもめた。とくに長男と次男の間では、

「おれは夕飯の仕度もしたし、風呂もわかした。兄貴はなにもしてないんだから、飯のあとかたづけだよ」

「なにいってるんだ。洗濯は誰がやったんだよ。おれはこれから乾燥に行くから、あとかたづけはおまえだぞ」

てな具合で、ジャンケンで決めるうちはご愛嬌だったが、つかみあいにもなりかねないこともあった。

しかし、よくしたもので、そのうちに、べつに話しあいをしたわけでもないのに、役割分担が自然と決まっていった。早起きをあまり苦にしない私が、朝食の仕度と愛犬ジェスパの朝の散歩。どっちかといえばおしゃれの長男が洗濯。料理が趣味と自負

する次男が、買い物と夕食の仕度という具合である。

私自身についていえば、飯のたき方と味噌汁のつくり方は、鬼のようにうまくなったと自負している。とくに味噌汁の味は、息子どもに、

「パパのつくる味噌汁のほうが、どういうわけかママのよりうまいネ」

とおだてられ、まんざらでもない気分になっているのだから、まことに単細胞的である。

失敗といえばこんなことがあった。

まだ大阪にいた冬のある日、寒いから今日は土手なべにしようということで、思いつくままにカキ、こんにゃく、豆腐、ねぎ、三つ葉、大根などを買いそろえ、見よう見まねでやりはじめた。ほかのものは期待どおりの味わいで大いに満足であったが、大根だけがいつまでたっても煮えない。厚すぎたのかなと思って、すくいあげて半分に切ってもまだ食べられない。

「パパ、大根はしぶといネ」

「うん、こんなにしぶといとは知らなかったなあ」

とうとうギブアップしてしまった。あとで女房に、

「大根はあらかじめゆでておくのよ」

と大笑いされたが、湯気を通しての父と子のささやかなふれあいをもてたことなど

は、番外の収穫ではなかったかと思っている。

最初のうちこそこんな具合であったが、習熟効果とは恐ろしいもので、家内の中国往復がたび重なるようになると、しだいに手のこんだメニューが食卓にのぼるようになった。とくに食通を自負する次男の担当する夕食は、一家の楽しみにすらなってきた。

ある日、たまらなくいいにおいが台所から流れてくると思ったら、テーブルの上は高級レストラン顔まけの料理がならんでいる。

「おい、いったいどうしたんだ」

とおどろく私に、得意顔の次男が、

「今日はフランス料理のフルコース。魚料理はソールムニエル、肉はローストビーフを焼いたよ。ワインはポレールのカベルネ」

とのたまう。

「すごい。でも問題は味だ」

という私に、

「大丈夫、料理はまず素材。ネタがよければ結構いけるよ。ママから、望む材料はなにを使ってもいいと許可ずみだから」

と財布をふってみせた。

そのころ、次男は大学四年生だったが、数カ月前からどういうつもりか夜間の調理師専門学校へ通っていた。幼いころから好ききらいがはっきりしている子で、自分で納得がいかないと、動かない。大学進学のときも、安易な考えで行きたくないと、親子でもめたいきさつがある。

その息子の選んだ調理師修業の時期に、実習のチャンスとばかり、金に糸目をつけない（？）材料の支給である。どうやら家内は、次男になによりのプレゼントをしたようだ。

家族の変化、私自身の変化

大阪生活に終止符

主人が帰ってくるなり、いった。

「東京に帰るぞ。今日内示《ないじ》があった」

(来た!) 私は内心の動揺をおし隠して、できるだけ静かに、

「そう……」

とだけいった。急に涙があふれてきて、急いで台所に飛んでいった。

(東京に帰れる。東京へ……)

いままで何回も胸がしめつけられるくらい東京へ帰りたいときがあった。

「いつ帰れるの」と口にしてみたいけれど、決していってはいけないことばを、のみこんできた。聞いても主人にもわからないだろうから。

大阪に来たからこそ、思いきって中国語に没頭できたのだ。それなのに、どうして

こんなにも東京に帰りたかったのか。サラリーマンに嫁《とつ》いだ以上、転勤はあたり前のことではないか、いつも私は自分にいい聞かせていた。

主人の顔を眺めた日も何回もあった。転勤になってさらに遠くへ行くかもしれない。考えまい。いまのこと以外は考えないで、いつまでも大阪にいるものとして暮らそう、そう思ってきた。時は流れていまは看護学校も卒業できた。鍼のサークルにも参加でき、中国へも行けた。その最中に、である。

自分でもよくわからないが、私はその晩は、ついに眠ることなく泣き明かしてしまった。この涙はなんの涙だろう。うれしいのか、悲しいのか、怖いのか。ただもう胸がいっぱいで、自分でもわけがわからない。

一方では、そんな自分を眺めているもうひとりの自分がいて、

「気のすむまで思いきって泣くがいい……」

といっているような気がした。

七年――ちょうど七年間の大阪生活だった。七年前にはまったくはじめての土地だった大阪だが、いまでは中国語と看護婦という基盤を身につけて、親しい場所に変わっていた。多くの知人を得たそのうえに、〝四十雀の集い〟までできたのだ。むしろ、東京のほうが未知の土地になってしまっている。

東京を出るとき、私はひとことの中国語も知らなかった。それがいまでは、通訳として仕事をするようになったのだ。

「長澤、よかったやん」
「まるで凱旋《がいせん》やんか」
「お母さんも息子さんたちも喜びはるわ」
「うれしいやろ」
「さあ、どないいうたらいいんか」
「や、大阪弁も、うもなって」

こんな親しい友だちともお別れだ。

引越しの仕度をしはじめておどろいた。中国語関係の荷物が段ボール十個で、まだたりないのである。本とノートとテープとカードと……。

これは自分で働いて得たお金をほとんど全部つぎこんで集めた私の宝物。これをくりかえし読んだり、聞いたりしていれば、何年も困らないほどの量である。私はそれを見て少し気持ちが落ちついた。

東京に帰ったのは昭和五十一年（一九七六年）の三月である。

母は七十八歳になっていた。

私たちが帰るすこし前から大阪に呼んであった母といっしょに、東京での生活がはじまった。母は私たち家族に囲まれて幸せそうであった。ご近所の方からも、

「よかったですね。お母さま、うれしそうね」

といわれた。

五人の生活になると、私は大阪にいるように、自由に中国語ばかりやっているわけにはいかなくなった。私は持ち帰った資料をもとに、ひとりで勉強をすることに決めた。また、生活のペースに合わせて近くの病院に週二日夜勤に出ることにした。

収入も安定し、母も幸せそうで、やっと東京の生活が軌道に乗りはじめたころから、だんだんと母の様子がおかしくなりだした。きっと母も、もうこれで安心だ、と張りつめていた気持ちがゆるんだのだろうか。

物忘れはひどくなり、食べたばかりなのに、

「ご飯はまだ？」

などといいだした。

私はそれがおそるべきボケの前兆だということに、そのときはまだ気がつかなかっ

た。

「お母さん、いま食べたばかりじゃないの。お茶でも入れましょうか」

「そうね」

それですむと思っていた。だが、たび重なってくると、そうそうお茶ばかり飲んでもいられない。

病院の先生に相談する。

「君、それは大変だよ。いまのうちから注意しておかないと、どんどん進むよ」

私はぞっとした。

――母がボケる――

そんなことは考えられなかった。

「どうしたらいいでしょう」

「まあ、様子を見て知らせなさい。症状に応じて考えよう」

看護婦になっておいてよかった、とまた私は思った。時間外でも休日でも、いつでも気軽に母を病院へつれていける。なにしろ私の職場なのだから。

それに、ここは私の地元である。母の友だちも多い。母が寂しがることもない。私は母のためにも東京に帰れたことが本当にうれしかった。

同居の母のボケがはじまる

食事をしたのを忘れてしまうという、ボケの最初の徴候を見せた母は、次には外出したまま帰ってこないことが多くなった。途中で道がわからなくなってしまうらしい。ちょっと買い物に出かけたはずが、とんでもない場所の交番から電話がかかってくる。家にいるものが急いで迎えにいく。夜中にも、なぜか家人の知らぬ間にぬけだして、成城《せいじょう》警察に保護されたこともあった。

あわてて飛んでいくと、母は心からうれしそうな顔をして私を迎えた。

「お母さん、どうしてここにいるの？」

「さあ、どうしてかしら」

「帰りましょうね」

「はい」

子どものように素直な母に、思わず涙ぐみそうになる。そのころ、母はボケと正常の間を行き来しているようであった。

電話に出れば、しっかりと受け答えをする。声にもはりがある。なんと、私の声と間違う人もいるくらいである。ところがあとがいけない。誰からかかったか、なんの用事だったたか、電話を切ると同時に忘れてしまうのである。メモらしいものがあっても判読できない。

このころから、一日中誰かがずっと母につきそうことになった。誰かがといっても、大部分は私か次男である。

私は母が若いころに、編み物が好きだったことを思い出して、太い毛糸と編み棒でいちばん簡単な靴下カバーを編んでもらうことにした。ぐるぐる編んでいけば、すぐ出来あがるし、完成品を何足も並べておけば、ボケの状態がすぐわかるはずだった。昔もこうしていっしょに幸せな時間を過ごしたものだ。いま、もう一度あのころのようなおだやかな日が帰ってきてほしい。そんな願いをこめて、いっしょに目数と段数をかぞえていった。

しかし、これも徒労《とろう》だった。あれほど上手だった母が編み物をすっかり忘れてしまっていた。しかし、私はあきらめずに、くりかえしていっしょに編んだ。そうこうするうち、おどろいたことに次男がカバーの編み方を覚えてしまっていた。

「いいよママ、おれ覚えたから」

「おばあちゃん、僕が教えてあげるよ。ママは下手だね」

母のうれしそうな顔。

徹也は母にとてもやさしかった。私はどんなに助かったかわからない。テレビの番組もよく調べてあった。

「徹ちゃんがテレビをつけると、いつでも水戸黄門をやっているのよ」

母はまじめな顔をして私に話してくれた。

母の郷里《ふるさと》は大磯《おおいそ》である。私は子どものころ母につれられて田舎に行くのが楽しみだった。いまでは田舎などといったら叱られる。もう大磯は通勤圏となった。団地がならび、スーパーがそびえ、当時の面影は、なにもない。でも母にとって、そこはかけがえのない郷里である。

「大磯に行きたいわ」

無邪気にいう母に、今度は長男がひき受けてくれた。

私は内心、不安だったけれど、せっかく自分からいいだしてくれたことなので頼むことにした。

小田急ロマンスカーの指定席をとり、小田原《おだわら》から国鉄（現ＪＲ）に乗りかえ、駅からタクシーで行く。このコースがいちばん楽な方法と思ったけれど、実際は、そんなに簡単なものではなかったらしい。

「ああ、懲《こ》りた――」

これが長男の帰宅第一声であった。

「トイレが近いんだよね。ジェスパみたい。それに歩くのが遅いのなんのって。駅の階段、背負っちゃった。車だ、車。車でなくちゃ、絶対だめだ」

大学三年生だった長男が、苦労して母の手をひく姿が目に浮かぶ。家で車を買うことにしたのはそのことがあってからのことである。次男も十八歳で、いつのまにか免許をとっていた。男三人で何回か中古車を見にいって、なんとか決まって、車が家に来た。母のために、それはたしかに必需品だった。

母の死が教えること
母のボケは、たしかに私にとって背すじの寒くなるような出来事だったけれど、母を中心にして家中がまとまってくれたことは大きな救いであった。ボケが進むたびに、みんなが知恵を出しあった。
——家を出たまま迷い子になる。
住所・氏名・電話番号を記入した名札を、羽織《はおり》や着物のよく見えるところにしっかり縫いつけた。これは名案のようだったけれど、裁縫のうまかった母は、見なれないものがついているとばかり、丹念にほどいてこれをとってしまうのである。そこで、今度は羽織の裏側の目立たないところにまた縫いつける。

——ガスの栓を勝手にひねる。

使い終わったらすぐ、栓をガムテープで固定することにした。使用のたびにテープをはがすなど、大変ではあったが、これは成功した。

——よくころぶようになった。

ヘルメットをかぶせることにした。

「おばあちゃん、これ、いま若者にいちばん人気のある帽子だよ」

徹也のいうことは、なんでもよく聞いてくれた。小さなヘルメットをかぶった母は、とてもかわいかった。

三カ月くらい、ひんぱんに警察のごやっかいになった母が、突然出歩くのをやめてしまった。体力が衰えてきたのであった。

それからは、無気力に家でじっとしていることが多くなって、こちらの話しかけにもトンチンカンな返事をするようになりはじめた。

私は、これがあの気丈な母の老いの姿かと思うと悲しかった。でも悲しんでばかりいられない。この姿は未来の私の姿かもしれないと思うと、背すじを冷たい風が吹きぬけるのを感じた。

病院で付き添い婦さんと親しくなった。その中でとてもいい人がいたので、わけを話して家に来てもらうことにした。病院は家から五分ぐらいのところである。付き添い婦さんが一日おきに病院とかけもちしてくれることも可能である。費用は私が夜勤でもらう給料で十分まにあった。病院の先生は、定期的に往診に来てくださる。

こうして、母を看《み》ながら中国語をつづけるという、当初、私が頭に描いたとおりの生活をすることができるようになった。

通訳・ガイド試験に受かったとき、

「よかったね、これで看護学校やめられるね」

といった長男が、今度はしみじみとこういった。

「ママ、看護婦になっておいてよかったね」

このひとことは、私の胸に、熱く強くしみこんでくるのであった。

たとえマイナスの面があっても、それを補ってあまりあるプラスの面があれば、その部分だけ私は中国語を加えることができる。そのときが、まさにそうであった。

これでこのまま十年つづいても大丈夫。母には、その母がそうであったように、米《べい》寿《じゅ》の祝いまで生きていてほしい。

心からそう思っていた矢先、ああ、なんということだろうか、母は眠るような大往《だいおう》生《じょう》をとげてしまったのである。

昭和五十三年（一九七八年）三月八日、午後五時三十五分。母はまだ八十歳だった。

母の死は私にとって大きな意味を持つ。結婚が二十一歳、中国語をはじめたのが三十六歳のときであった。もし、私が自分の人生でもうひとつの線をひくとすれば、四十五歳のときの母の死であろう。

母はじつになんでもよくできる人であった。私は母の手づくりのものの中で大きくなった。中でもかわいいピンクの極細《ごくぼそ》毛糸で編んだワンピースは、超大作であった。私は母のそばで見よう見まねで編み物を覚えた。いつのまにか小さな手で毛糸をあやつれるようになると、母は目を細めて喜んだ。

「信《のぶ》ちゃんは器用ね。上手にできたわね」

そんな母の姿をいまも私はなつかしく思い出す。

後妻として、すでに四人の子を持つ父に嫁いできた母は、三十六歳のときに私を産んだ。当然、母は私を溺愛《できあい》した。私も母に頼りきっていた。どこに行くにも母といっしょ、私は母には安心して甘えきっていた。

私が成長し、だんだんとひとり歩きするようになっても、母の態度は変わらなかった。

人は成長するにつれて、受けた教育、育った時代、自分の置かれた環境によって、変わっていく。母ほどの賢い人でも、それに気づかず、私に接する態度はいつも同じだった。長ずるにしたがって、私は母の愛を、ときとして負担に感じることがあったが、母はそれにまったく気づかず、最後まで知らずじまいであった。

でも母を責めることはできない。たとえ子どもに頼りきりになる生き方が間違っていたとしても、あの時代に生きた母には、それが疑うことのない幸せな生き方だったにちがいない。

ただ、私自身は、子どもにとって、あまり重い存在にはなるまいと思う。子どもの成長を見守るのは、たしかに生きがいというべき幸せなことだけれど、それは側面からただ見守るだけにしよう。

これからも、この気持ちだけは心の隅にいつまでも持ちつづけたいと思う。

今年は、母が死んでからもう五年目である。

大学へ行こう！

母を看ていたころ、私は自分のこれからの勉強法について、ずっと長期の見通しを考えていた。いままでの中国語は、話せることを第一の目的にしていた。でもことばには、それと同時に母体としての文化がなければならない。私は自分の中国語のバックグラウンドがほしくなってきた。単に会話ができるだけでは、なんとなくあきたらない。ちょうどそのころ、友だちがよいニュースを持ってきてくれた。

「お茶の水女子大学の中山先生をご紹介しましょう」

中山先生は北京大学を卒業し、東大の中国文学科を卒業された、中国語界では大御所で、雲の上の方である。先生は、私の現在の心境を聞き終わると、

「あなたは大学に行かれるのが、いちばんいいと思います。いずれ教えるほうに進まれる方だと思いますから」

といわれた。

「大学！」

私はすぐ年老いた母のことを思い浮かべていた。大学なら、絶対四年で卒業しなければならないということもない。自分のペースに合わせ、母の面倒を見ながら好きなように勉強できる。そうすれば、私がいま考えている中国語のもうひとつの世界が開けてくるかもしれない。

よし、ここまでなんとか来たんだから、大学へも行ってみよう。

中山先生は、べつにどの大学と具体的に示されたわけではない。そこでまた、私の

学校探しがはじまった。これは看護学校で慣れている。それに、学校で学ぶというこのおもしろさも、看護学校で経験ずみである。それに今回の探しものは、さほどむずかしくはなかった。なにしろ中国文学科のある大学を見つけ、入学時の外国語の試験が中国語で受けられるところにしぼればいいのだから。

東京外語大、慶應大、大東文化大、和光大の四校が残った。この中でいちばん一般に門戸を開放しているのは、和光大であった。それに立地条件や難易度から見ても、残るのは和光大である。

今回は、看護学校のときとちがって、家の者は誰も反対しなかった。ただ息子から、

「予備校の手続きも、しておいたほうがいいんじゃない」

と冷やかされただけだった。

二十六年ぶりに高校へ大学受験に必要な書類をもらいに行った。当時の社会科の先生が校長先生だった。先生は卒業生が母校に訪ねて来ただけでなく、大学進学の書類をそろえに来たことを知って、大変喜んでくださった。

そして昭和五十二年（一九七七年）四月、私は高校を卒業したての若者たちと肩をならべて、大学の門をくぐった。

あとで聞けば、私の入学にあたって、和光大の先生方の間では意見が分かれたとい

うことであった。

「主婦のお遊びにつきあうのはごめんだね」

「まあいいじゃないか、この人なら……」

いま、カルチャーセンターが盛況で、入るのに何カ月も順番を待つものもあるという。いずれ、もっと勉強したくなった主婦が、大学の門をたたくようになるのは目に見えている。この先生方の態度は、心して受けとめなければいけない。

親子そろって大学生

私が大学に入ったとき、すでに息子たちは大学の二年と三年であった。一家四人のうち三人が学生である。そして、それぞれがアルバイトをしている。家に四人そろうことは、めったになくなった。

そこで、家族のためにノートを一冊用意し、さらに留守番電話をとりつけることにした。

大学生活はとくに負担もなくスタートした。中国語の授業が私には比較的楽だったからである。ゼミの仲間に中国語の訳をすこし代わってあげて、そのかわりとして、いろいろと情報を得ることにした。情報さえ豊富であれば、あとは自分の単位のとり方で卒業まではこぎつけられる。

でも私は、単に単位の数だけそろえて卒業証書をもらうのが目的ではなかった。なにかひとつ私の中国語の柱を決めて、卒論に結びつけたい。それと将来にそなえて、中国語と日本語の教職の資格もとりたいと思っていた。

私は長期戦の覚悟だったので、一年間は極力単位数をおさえることにした。そのひとつの理由は、私が入学したころから、母のボケがだんだん進みだしていたからである。

何年かかっても母を看ながら、ゆっくり通うつもりだった大学が、母の死によってまた変わった。

母のいるうちは長く家をあけるなどということは思いもよらなかったが、もしかしたらこれからは長期の仕事も受けられるかもしれない。だから大学はできれば四年間で出よう。

一年のときは外国語と体育を中心にいくらも単位はとれなかった。和光大は第二外国語はいらなかったので、私は中国語だけでよかった。これは本当に助かった。先生の中には試験に出て合格点をとればいいという方もあったので、出席日数はごくわずかですんだ。

大学に入ったころ、よく人に聞かれたものである。

「聴講生として入ったのですか」

「いいえ正規の学生です」

「すると体育も若い人といっしょに？」

「はい」

たしかに体育は大変だった。第一、出欠がきびしい。

学生相談課に行って、実技の内容をたずねたら、

「やったことがなくても卓球がいいでしょう」

といわれ卓球にすることに決めた。

トレーニングがはじまる前に、まず全員が先生の前で五本ずつ試合をする。その場でA、B、C、D、Eの班に分けられる。私は当然E班だった。次に各班ごとで試合をする。私はまた、そこでも最下位、つまり、全員の中でいちばん出来の悪い生徒となった。

体育のことを「スポーツ研究」と呼ぶ。略してスポ研。このスポ研のE班は全員で十一名、最下位の連帯感か、いつも和気あいあいとしていた。名簿など発行する奇特な人も出てきた。特技や備考欄まである、りっぱな一覧表を見れば、私のことなど困

ったとみえて、特技＝卓球、趣味＝勉学、などと気をつかって書いてある。

大学にはコンパがつきものとみえて、研究室でもゼミでも、またこのスポ研E班でもよくコンパがあった。これにも出席しないと悪いと思い、最初は参加したものの、大学生活にはなんとかとけこめた私も、このコンパにはどうしても雰囲気になじめず、初回だけに終わった。大きな理由は私がお酒を飲めないことであったけれど、もしほどほどに飲めたとしても、若さの爆発するような中に身を置くことは、あまりにも違和感がありすぎた。

ところが、ゼミ合宿となると話はちがってくる。これは授業の延長のようなものだから、好みで出欠を決めるわけにもいかない。場所は、費用のこともあり、教授の別荘などをお借りしての二泊か三泊。自炊のことも多かった。

そういうときこそ、いかに炊事が当番制であるとはいえ、私の出番が多くなるのは自然のなりゆきであった。買い物当番が集めてきた品物をしばらく見わたして、献立を考え、手早く食事をつくり、おまけにお弁当までこしらえる。出来あがりと同時に、その周辺はかたづいてゴミも始末し終えている、という私の早技を見て、教授も助教授も学生も感嘆の声をあげた。

私にしてみれば、家では毎日やっているあたり前のことだったので、びっくりされたことにかえっておどろいてしまった。
「主婦の腕前とは、ざっとこんなもんです」私は声を出さずにそうつぶやいた。

主婦の学生生活

私といっしょに入学した、やはり家庭婦人で、二人の子どもの母である崔《さい》さんは、まだ若くて三十歳だった。若いということはお子さんも小さいということで、手のかかる最中の五つと二つ。大変だろうなあ、と思っていると、二年生になってから姿が見えなくなった。つづけられない、というお便りをいただき、すぐに返事を出したが、二通目からは転居先不明で手紙が戻ってくるようになり、連絡がとれなくなってしまった。

私にとってはかけがえのない同級生だったので、一年後に復帰してくれることを期待していたのだが、ついに姿を見ることはできなかった。崔さんが一年のとき、ふともらしたことばが忘れられない。
「私も外国語は朝鮮語をとればよかった。できるものをやるのはつまらないと思い中国語にしたけど、語学は負担です。私は単位がとれそうもない」

たしかに大学生活で語学の占めるウエイトは大きい。私も、もし第二外国語が必修だったら、一年のときどうなっていたかわからない。崔さんは、体育はすこし自信のあるバスケットをとっていたが、これも出席日数が前期だけでもうたりなくなったといっていた。二年、三年と進むのにどうしても必要な単位だから、外国語と体育は大きな関門、という思いだった。

年配者の場合、大学の卒業証書は社会に出るためのパスポートの役は果たさないのだから、やはり聴講生になって、受けたいものだけの申請をしたほうがいいのかもしれない。

私が大学に入った目的は、籍を大学に置いて、自分のこれからの勉強の柱としての研究課題を探したいということだった。

中国語がブームになると、たしかにいろいろな仕事の依頼は来た。けれど依頼者側から見れば私たちは、いわゆる「中国語屋」なのである。

自分の中国語が、それだけで終わらないためのバックグラウンドを求めて大学に入った以上できれば広く大学生活を体験してみたい。たとえ卒業までに何年かかろうと、私にとってそれは問題ではなかった。

しかし、母の死で私の生活はまたまた変わってしまった。子どもは年とともに確実に親ばなれしていくが、母はこの先ずっと生きていくものと信じて疑わなかった私にとって、八十歳で永眠したことも、なにか夭折《ようせつ》したような感じさえ受けたものだった。母の死で、なにか私をおおっていたものが急になくなったような気がして、私は次の年に、がんばって六十四単位をとってしまった。

これは大学生活四年間でとるべき単位の約半分にあたる。

病院勤めはそのまままつづけながら、せっせと大学に行く私を見て、息子たちはつぶやいた。

「よくシコシコ学校へ行くね」

「ガッツだなあ」

学生生活を最大限に楽しんでいる二人は、私のように毎日学校に行くようすはない。バイトをして、車の教習所へ通い、クラブや旅行にと、精力的に動きまわっている。大学生になった息子に私はこまかく干渉する気はなかった。留年しようと、休学しようと、本人の自由である。四年以上大学にいるときは、小づかいも含めてすべて自分で持つこと、とはじめから申しわたしてあった。

そのような息子たちはともかくとして、私は三年になって、卒論のテーマを見つける時期に来ていた。

ライフワークが見つかる

中国語に熱中していた大阪時代に、

「ひとりの作家の作品をまとめて読むといい」

といわれ、巴金《はきん》全集を買い、私はそのほとんどを読んでいた。そのため、卒論は「巴金の作品論」にしようかと考えていた。また、作品の中から男ことば、女ことばを選び、はたして中国語にそのちがいがあるのか、あるとしたらどんな点かについて調べるのもおもしろい、というアドバイスも受けていた。

そしてそのころ、私はヒアリングの練習に毎日曜日の午前中、お茶の水女子大の教室で、水世嫦《すいせいこう》先生の『紅楼夢《こうろうむ》』の講義を聴講していた。水先生の講義はじつに魅力にあふれるものであった。

「いま日本で、あれだけの純粋な北京語で『紅楼夢』を解釈できる方は、水先生おひとり」

といわれるのも、もっともなことであった。なぜなら、先生ご自身が、かつて賈家《かけ》のような家庭に育ち、林黛玉《りんたいぎょく》のようなお姫さまだったということだから。

美しいソプラノのような先生の北京語は、広い教室全体に響きわたり、黒板に書かれる達筆な注釈に見とれて、あの二時間は、私にとって一週間のうちの大きな楽しみであった。

回が重なるにつれ、私はだんだんと『紅楼夢』のとりことなっていった。ある日のこと、

「いつも私の講義を皆さんは黙って聞くばかりですね。今日は、どうでしょう。皆さんに訳してもらいたいと思いますが」

教室はシーンとしてしまう。当然である。中国語でこの解釈などできるわけがない。誰も手をあげない。そのときである。

「長澤先生、怎麼様」（長澤さん、どうですか）

前のほうに座っていたためか、私が指名された。訳する部分は親可卿《チンユーチン》の葬儀の場であった。鳳姐《フォンチエ》がすべての采配《さいはい》をふるって難題を次々に処理しているところにさしかかっている。この鳳姐という女性は、じつに強烈な個性をもった辣腕家《らつわんか》である。私はふと思いつくままに彼女の性格を述べてみた。

「鳳姐是個能干的人。他的性格、寧可忙死、不可閒死……」（鳳姐さんは、とてもしっかりした人で、その性格は、忙しさで死ぬことはいとわないが、為《な》すことなく死を待つなどまっぴらだ、とでもいうような……）といいはじめた。

「等一下」（ちょっと待って）

先生は私のことばをさえぎると、すぐ黒板に向かい、

「寧可忙死、不可閒死」

と書いて、しばらく眺めてからおっしゃった。

「いいことばですね。これから私は、これを座右の銘にしましょう」

これは私の大好きなことばであった。ことばも使うタイミングによって変わってくる。私は自分の好きなことばを、先生がしっかりと受けとめてくださったことに、このうえない喜びを感じた。

この日から、ただ聞くだけであった『紅楼夢』の物語が、ずっと身近に感じられるようになってきた。読み進むうちに、華やかに登場する主役の貴族より、そこに仕《つか》える召使いの生き方のほうに、より魅力をおぼえるようになっていった。

私は卒論のテーマにこれを選びたかった。でも『紅楼夢』は私の力では無理かもしれない。もっと身近なテーマのほうが、書きやすく、やさしいのではないか。

和光大学の中国文学科の主任教授は、わが国中国文学界の最高権威のおひとりである小野忍《おのしのぶ》先生であった。私が卒論の選び方に迷っているとき、先生は次のようにおっしゃった。

「卒論は、むずかしい、やさしい、で決めるものではありません。また、いいかえれ

ば、どんなテーマでも、やさしくも、むずかしくもなるものです。要は自分がなにをやりたいか、です。もし、あなたが本当に好きなら『紅楼夢』でいっこうにさしつかえありません」

和光大学卒業式の日。48歳で中国文学科を卒業した（1981・3・20）

私は大学に入った目的を、このときはっきりと自覚した。そして、研究のテーマが決まった。これを私は自分の中国語の柱にしよう。この物語をこれからくりかえしくりかえし読んでいこう。

日本の『源氏物語』と多くの共通点を持つこの作品は、過去に何回も『紅楼夢』論争をひきおこすほど、政治の舞台にも登場した。また「紅迷」といわれる熱烈なファンも多く、中国人の心の中に深く根づいている物語なのである。

それから一年がかりで、苦心してやっと百枚の卒論をまとめて、明日は提出という日のことである。同じゼミの仲間から、夜電話がかかってきた。

ああ、彼女もやっと仕上がったのだな、と思ったときである。

「長澤さん大変よ。小野先生が亡くなられたんですって」

「えっ、なんですって！」

それはまったく青天《せいてん》のへきれきであった。

小野ゼミで、私たちはそれこそ手とり足とりのお世話を受け、やっとここまでたどりつくことができたのだ。その貴重なアドバイスをいろいろとしてくださった先生が、卒論提出の前日に急逝《きゅうせい》されようとは……。やっと自分自身の研究目標が決まり、大学を卒業しても、先生の講義は研究生になっても通いたいと、心に決めていた矢先のことであったのに。

小野先生の死は、私の大学生活の終わりでもあった。

私はやはり翻訳・通訳・ガイドの道を進もう。そして、生涯のテーマとして、『紅楼夢』を追っていこう。いずれ年齢がアウトドアの仕事に耐えられなくなるときがきたら、私はひとりで静かにこの物語を読みつづけよう。

ライフワークというような大げさなものではないかもしれないが、そこには私ひとりで没入できる世界があり、それを愛読する人との共通の広場がある。多分私はそこに、はじめて、子どもと別れたあとの自分の姿を見ることになると思う。

夫のつぶやき、その四

家内が看護学校へ行きたいといいだしたときは、かなり抵抗もし、注文もつけたが、大学へ進学したいという話には、私はあっさり同意した。

外国語を学ぶのは、主としてコミュニケーションの手段を得ることであろうが、異民族間の相互理解という面からすれば、ことばと同等あるいはそれ以上に、その民族の歴史や文化、風俗習慣を知ることが大切である。こういったバックグラウンドを知ることによって、ものの考え方がわかれば、ことばが多少不自由でも理解が得られるものだと、私自身経験を通じて実感していたからである。

一家四人のうち三人が大学生となり、こちらは、「誰がいちばん先に卒業するかな」などと、ヤジ馬気分で眺めていたが、たまに全員が顔をそろえて、それぞれにキャンパスの話に花が咲くと、若者情報が飛びかい、職業的興味もあって、おもしろかった。

このころ目立って進行した家内の母のボケには、私も少々参った。家内はもちろん、相当気をつかっていたが、なにせ外出することが多い。次男が家にいるときは、年寄

りの面倒見のよい子でなにかと世話してくれて助かったが、私ひとりのときは、まったくお手上げである。私の顔を見て、

「どちらさまでしたっけ？」

「猛です。タ・ケ・シ……」

　こんなやりとりのうち、私にお茶を入れようと思ったのだろう。ヤカンをコンロにかけたまではいいのだが、点火しないままガス栓をあけ、ガスが充満して、あわや……といったことも何度かあった。

　寝たきりになると点滴することが多い。さらに体が弱ってくると、酸素吸入の器具なども病院から運びこまれた。家内が自分が看護婦だからといって、なるべく入院を避けたからである。この種のものが部屋に置かれると、病室のムードでものものしい。器具にふれるのもおっかないという感じである。

　ところが家内はさすがに慣れていて、どんどん操作する。点滴の落ち方にも気をくばって速度を調節したり、液がなくなりそうになると、いつのまにか新しいものととりかえてある。病人の喉にからまる痰《たん》は苦しそうだが、そんなときも、割りばしに脱脂綿を巻きつけて手ぎわよくとっているのを見れば、看護婦の経験は、たしかにプラスであったように思う。

プロとしての通訳の仕事が軌道にのってくると、家内が半月くらい家をあける暮らしが日常となってしまった。こういう生活を見て、他人は「ご主人の理解があっていいですね」と家内にいうそうだ。だが私自身は、意識して理解しようなどと思ったことはないし、それほどがまんしているといった被害者意識もない。

たまたま最近読んだ城山三郎《しろやまさぶろう》氏の小説に、次のような一節があった。

「お互いに拘束し合う生活ではなく、自由でいながらも心はつながり合っていく結婚生活。夫であり妻であることが、生活の一部であるような生活こそ、互いに幸福であり、その幸福を長続きさせるものだ……」

私もまったく同感であり、そのとおりの生活を営んできたにすぎない。

新しい人生のプロローグ

「通訳・長澤信子」になれるまで

一九七八年、鄧小平《とうしょうへい》副首相が来日し、日中平和友好条約が結ばれた。そのころから、中国語関係の人たちは急に忙しくなりだした。

また、商社はいっせいに中国に目を向けた。大企業が中国語専攻の女子大生を大量に採用したニュースが新聞に出る。企業内では、過去に中国語を学んだことのある者をリストアップしてプロジェクトが組まれた。

〝人のやらない外国語〟であったはずの中国語が一躍《いちやく》脚光をあびたのである。

「あなた、中国語やっていたの、当たりましたなあ」

これくらい、当時のことをズバリと表現したことばはなかった。

うれしいことに私のところにも仕事の話が来はじめた。中国語をはじめたころには夢としか思えなかった中国で仕事ができるのである。

通訳として中国へ行ける！

私はいそいそと自宅と旅行社を往復した。日程表にもとづいて打ちあわせの時間が決まる。私はスタッフのひとりとして訪中団のつめを旅行社の会議室でおこなう。名簿ができあがり、私の写真の下に「通訳・長澤信子」という活字が見える。査証《ビザ》と航空券が整い、明日は上海《シャンハイ》だ、という前の晩は、さすがに興奮してなかなか寝つかれなかった。

長年の想いが現実に凝縮されていく。その過程がなんといきいきとして魅惑的であったことか。なにしろ、私の今回の通訳としての訪中は、「上海黄浦《こうほ》朋友会《ほうゆうかい》友好訪中団」という総勢百三十六名の大きな団体であり、団長は日中経済協会顧問の岡崎嘉《おかざきか》平《へい》太《た》氏である。

こんな偉い方の通訳をつとめさせていただくとは、なんという光栄なことであろうか。出発は一九七九年九月十九日であった。

「上海を〝ふるさと〟と考える人たちが、故郷をなつかしく訪ねていくその心が、日中友好のために、いちばん大切なことです」

という団長の結団式のごあいさつを聞きながら、ここではまだこれは訳さなくてもいいんだな、とはやる胸をおさえていた。

中国の文豪、巴金先生と同席。王一平先生主催の招宴で（1979・9・20）

それは長崎から上海への第一番機でもあった。わずか一時間半で日本と中国が結ばれる。中国はまさに日本のいちばん近い国となったのである。

私は忙しかった。わずか一時間半の間に、これだけ大勢の入国の書類を整えなければいけない。しかし、

「私は通訳です」

などといって、雑用のいっさいは旅行社の人たちがしてくれたのは、初仕事のときだけで、あとは、通訳兼添乗員助手、会計などの裏方いっさい、一人何役もこなさなくてはならなくなってきた。体を動かすのはすこしも苦にならない。何役もこなすのは、とっくに慣れている。人はまったく思わぬ経験が役に立つものだ。

一行は友好訪中団であるため、中国に着くとすぐ上海革命委員会に表敬訪問をおこ

なう。ときの上海市長、王一平《おういっぺい》氏は、岡崎団長と並んで広間の中央のいすに腰をおろされる。私は、その横につく。新聞で見なれた元首の通訳の座る場所である。私の体はコチコチであった。

その夜は市長主催の歓迎晩餐会《ばんさんかい》、以後、連日大きな宴会がつづいた。昼も夜も通訳としての任務から解放されない。

上海の日程を終えて、一足先に帰国される団長から、

「長澤さん、ご苦労さまでしたね」

と労をねぎらわれるまで、私は緊張の連続であった。

好きなことに没頭できる日々

このころからは、訪中の仕事だけでなく、国内の商社からの依頼も多くなってきた。中国からやってきた研修生といっしょに、何カ月もホテルニューオータニに泊まり、企業の通訳の仕事をするという生活がはじまった。

私はそのとき、大学三年になっていた。二年で「教育原理」も「教育心理」もすんでいたので、三年になったときは、「中国語教育法」が主な科目であった。日曜日も観光案内の仕事があったため、ふりかえ休日をもらい、その日の午前中だけ大学に通

った。

中国人といっしょにホテル生活が何カ月も送れる。しかも都心のホテルだから自宅にはときどき帰れる。そのころ、私は個人的に中国語を教えていたから、その生徒さんたちが、ホテルに勉強に来ることもあった。そうすると、中国からの研修生がいつでも会話の相手をしてくれる。

まさに中国語三昧《ざんまい》の毎日であった。そして私自身が、中国語に磨きをかけた時期でもあった。私は「これは夢ではない、いま現実の生活なんだ」と自分にいい聞かせることがたびたびであった。

これからが本番

仕事は確実にふえていった。年間の契約を結ぶ旅行社ができた。ふえてきた仕事の調整に、通訳仲間と連絡をとりあうようになる。通訳ガイド協会からA級ライセンスに昇格の通知をもらう。大手旅行社から指名で仕事が入る。

こうして一年間に十回ぐらい中国を往復する生活がはじまった。原稿や講演を依頼されることもふえた。思えば私はなんという幸運にめぐまれたことだろうか。

息子たちは、それぞれの青春を謳歌《おうか》して巣立っていった。就職した長男は、父親がそうであったように、自分の仕事に全力投球をしはじめた。

いろいろと心配事の多かった次男は、大学卒業後、

「サラリーマンにはならない」

というひとことを残し、自らの道を求めてヨーロッパに旅立った。

まさに、子離れのときである。その日、かねてからの計画どおり、私はほほえんで息子たちを見送ることができた。

水に投げた小石の波紋がだんだんと広がっていくように、二十五歳のときの新聞投書をきっかけに、私の生活はすこしずつ変わっていった。

若いころに描いた夢は現実となり、仕事がふえていくたびに、私は日本と中国の多くの友だちを得ることができた。それは子どもの母親としてではなく、また夫の関係から生まれたものでもない。まったく私個人のつきあいである。

昭和五十六年（一九八一年）三月、大学卒業のときに〝ママさん卒業生〟ということで、私のことがまた読売新聞に載った。担当の金森トシエ記者は、二十二年前、数ある投書の中から私のものを選んでくださった、その人である。

その後、機会を得て一度お食事を共にした。

私としては、自分が今日あることへの、ささやかなお礼のつもりであった。その席

で、金森さんはこういわれた。

「いいえ、それはちがいます。あなたは、あの回答がなくても、きっとなにかをなさいました。私はただあなたの共鳴者にすぎません」

私はこのことばを聞いて、目頭《めがしら》が熱くなった。そして生きがいとは、じつに、この熱いものが胸をよぎる瞬間のことではないだろうかと思った。

はじめて万里《ばんり》の長城に立ったとき、あるときは蒙古《もうこ》の大草原の落日に、そしてまた、いまはなにもない西安《せいあん》の阿房宮《あぼうきゆう》の遺跡の前で、幾度、私は時の過ぎるのを忘れて立ちつくしたことだろうか。そのときこみあげてきた熱いものは……。その瞬間、私は、「ああ、いまここで死んでもいい――」とさえ思った。

しかし、思えば、いまはまだ子育てのあとの新しい人生のプロローグなのかもしれない。

五十歳――これからが私の老後の本番である。私はこれからさらに、六十、七十歳に向けて、新しい人生を進もうとしているのだ。そう考えると、いま、なにやら胸のときめきが聞こえてくるような気がしてならない。

第三章　自分の世界を広げる

外国語は生活を豊かにする

主婦業は語学の勉強に最適

語学を学ぶうえで、よくいわれていることがある。
一、語学は若いうちにはじめなければいけない。
二、その国に行って勉強しなくては身につかない。
三、外国人に習わないといけない。
もし、本当にこのとおりだとしたら、年をとっていたり、その国に行くことのできない人は外国語の上達は無理だ、ということになってしまう。これはおかしい。

七年間の大阪の生活が終わり、私がふたたびもとの住まいに帰ったとき、商店街を歩けば、顔見知りの方たちが声をかけてくださった。

「しばらくですね。中国に行ってたんですってね」

マスコミの力は恐ろしい。新聞や雑誌に何度かとりあげられたのを断片的に覚えていて、いつの間にか私は、七年間ずっと中国に行っていたことになっていたらしい。「外国語は、その国へ行かなければ身につかない」ということが、一般にどんなに深くしみこんでいるかわかるような気がした。それは、「語学は若いときに学ばなければだめだ」というのと同じくらい、もう常識として定着しているように思える。

私は自分でなにかはじめるときに、あまり年のことを考えないようにしている。いつも、自分の人生で今日がいちばん若いときなのだ、と思っている。なにか先入観にとらわれると、それが足かせになってしまうので、極力さけることだ。やってだめなら、そのときにやめればいい。だめでもともとなのだ。

外国語は学問ではないが、生活に彩《いろど》りをそえ、自分の世界を豊かにする手段としては、これに勝《まさ》るものはないと思うのだが、「もう年だから」「頭が悪いから」「ひまがないから」と、自ら扉を閉ざしてしまうようなことばを聞くのは本当に寂しいことである。

また、「やりたいけれど子どもがいて」「私はいいけれど主人が」と、よく原因を自分以外の者に転嫁《てんか》する声も聞く。そういうときに、私はいつも思い出すことがある。

それはやせる教室を開いている、ある先生のことばである。

「やせるのなんて簡単ですよ。その人が本当に心からやせたい、と思っているかどうかだけです。まあ、これくらいなら、という妥協がどこかにすこしでもある人は決してやせません。反対に絶対にやせなくてはならないというさしせまった状態に置かれた人は、どんなやり方でもやせられます。要は方法でなくて、その人の考え方の問題です」

語学の勉強も、これとまったく同じことだと思う。

外国語を学ぶとき、その国に行って勉強したほうが、なにかと有利なのはたしかである。テレビをつければ、その国のことばが流れ、町に出れば、いやでも使わねばならない。

しかし、そのような恵まれた環境はすべての人に与えられるわけではない。そうだとしたら、少なくとも自分のいまいる環境をそれに近いものに変えていく。それなら誰にでも可能だし、そのコツさえつかめば、外国語は何歳からでもはじめられる。とくに家庭の主婦は恵まれているといえる。家事はある程度自分のペースで運べる仕事だから、語学を学ぶ時間を割りだすことも可能だからである。

ところで、語学には四つの大原則がある。

多听《トウテイン》（多く聞く）
多説《トウシユウオ》（多く話す）

多看《トウカン》（多く読む）
多写《トウシエ》（多く書く）

とにかく、多く、つまり何回もくりかえせ、ということだ。

それでは、どうしたらこれらのことを無理なく、日常生活にとりいれることができるのだろうか。思えば主婦業は単調な作業のくりかえしである。その主婦を二十年もやっていれば、これはもういやでもベテランになる。

語学の勉強も単調な作業のくりかえしでなくてなんであろう。くりかえすことは私の特技である。家事と勉強、この二つを私は家庭の中で同時に進行させていく方法をいろいろ考えた。それは本当に楽しい作業であった。

まず聞くこと

中国語は漢字なので、他の語学にくらべるとずっとなじみが深い。「日中友好」、「熱烈歓迎」のように、ことばの意味が両国まったく同じものもあるように、簡単なものなら、漢字を見れば、だいたい想像がつく。

以前のことだが、友だちの家に遊びにいったとき、彼女のご主人が私を祝福して、こういった。

「長澤さん、いい語学を選びましたね。あれなら二年でいいんでしょう。ほかのは四年ぐらいかかるけど」

そのとき、私は中国語をはじめて一年ほどたっていたので、自分でも、(そうかしら、本当にあと一年でいいのかなあ) と半信半疑だった。それから二年たったとき、はっきりとそのご主人のいっていたことは間違いだと悟った。

なじみが深いということが、大きな落とし穴であって、見てわかっても、それを聞いたときはまったくわからないのだ。

見てわかると聞いてわかる、ということの間には、まるで揚子江《ようすこう》の河口のように対岸が見えないくらいの距離がある。その距離をいかに縮めていくか、本当にこれにはまいってしまった。悩んだ末に、やはりそれは字引をまめにひいて漢字の中国語読みを覚えていくよりほかに方法はないことを知った。

ありがたいことに、中国語は一字一音である。その漢字の読み方さえ知っていれば、日本語のように、いくとおりもの読み方があって、外国人が悩まされるようなことはない。

「大阪の大丸」といえば、日本人なら誰でも、「おおさかのだいまる」と読む。これが中国人にはわからない。

「なぜ、おおさかのおおまる、ではいけないのか」といわれてもこちらは困ってしまう。「生《なま》ビールと生《き》そば」に至ってはなおさらだ。

複雑な日本語にくらべて、中国語が一字一音であることは、私にとって大変ありがたいことであった。

目につく漢字の中国語音を丹念に覚えていけば、見てわかるものが聞いてわかるようになるはずだ。いいかえれば、この作業をまめにしないことには、見ることと聞くことの差は永久に縮まらないで終わる。

ただし、読み方はわかっても、実際に相手のいっていることがわかるようになるには、その音になれ親しみ、漢字を生きた音としてとらえなければならない。

私が中国語を習いはじめたころ、教室で先生について教科書を読んでいるときは意味がよくわかるのに、本を離れて会話になると先生のいっていることがさっぱりわからなかった。目と耳がばらばらなのだ。

先生の発音についておうむがえしに練習するときは、四声《しせい》（音の高低の波）が合っているのに、ひとりでいうときは狂ってしまうのである。

なぜだろう。そこで私は、子どもがことばを覚えるときの順を考えてみた。子どもは皆、二歳ぐらいまで、毎日くりかえし親の語りかけや人のことばを聞いて、それがいつか自分の口から出るようになるのだ。

まず聞くことだ。そのことばが自分の口から自然と出るようになるまで、中国語をくりかえし聞いてみよう。

そこでテープの登場である。

テープと辞書は手放せない

家中にテープレコーダーを置くことは、私が勉強を家事に組みこんだ最初の方法であった。

「長澤さんって。ああ、あのテープレコーダーを何台も使って勉強した人でしょう」

「朝から晩まで中国語をやっているんだそうね」

話にはすぐに尾ひれがつくもので、私の話したことや、書いたものの一部だけがオーバーに伝わった。たしかに私は四台のテープレコーダーを使っていたが、なにもはじめから四台でスタートしたわけではない。

テープをくりかえしよく聞くために、テープレコーダーをどこに置けばいいかを考えてみた。一日の時間のうちで、私はどこにいちばん長くいるのだろう。結局、台所に立つ時間がいちばん長いことがわかった。

そこで、台所に小さいテープレコーダーをひとつ置いた。場所もいろいろ考えた。なにかの動作と同時にテープを入れるようにしたい。ガスをつけるとき、冷蔵庫を開けるとき、水道の栓をひねるとき、電気をつけるとき……。この中でも水道の栓をひねる頻度がいちばん多いので流しのそばに置くことに決めた。最初は、この一台からはじまった。

水を出すと同時にテープのボタンを押すことは、以来十数年習慣となって、いまもつづいている。ながら族のはしりだったろうか。

テープと同時に欠かせないのが辞書である。たくさんある辞書の中にも、自分に合った辞書ができてくる。使いなれた辞書が一冊できたら、私は同じものを何冊も買った。それを家のあちこちに置いた。

台所、洗面所、枕元、食堂、とにかく、あたりを見まわせば、必ず辞書が目に入るようにした。そして、なにかをしていて、ふと頭に浮かんだことばがあれば労をおしまず、まめに辞書をひいた。また逆にそこを通るときは、ちょっと立ち止まって辞書をめくって出てくることばを覚えた。広くもない家の中は、すべて私の勉強の場であった。

こうして、辞書とテープは切りはなせない私の大切な勉強道具となった。水道のそばの次に二台目のテープを置くことにした。考えた場所は洗濯機の近くである。当時は全自動ではなかったので、洗濯の終わるまでは、なにかと側についていないといけなかった。

台所で聞くのは会話のテープだったが、ここは雑音が多い場所なので、テープも音の高いもの、北京放送とか、相声《シアンシヨン》（漫才）が多かった。テープレコーダーがふえてくるとダビングが簡単にできるようになる。同じものを家中のカセットに入れて、自分がどこに移動しても、同じテープが聞けるようにしたこともある。

これは掃除機を使うときなどに役にたつ。とはいっても、そんなにまめに家事を毎日こなすほうではないから、いちばんよく聞いたのはやはり台所の会話のテープだった。

中国語のリズムは美しい。私は若い人が音楽を聞くのと同じような感じでテープを聞いていた。勉強という意識はあまりなく、ただあの、歌うように流れる波のひびきにも似た調べに身をまかせて、何時間も飽くことを知らずに聞いていた。洗濯機は脱衣室においてあるから、入浴中も楽しめた。

四台のうちのあとの二台は居間と寝室に置くようになった。居間には私の自慢のテープライブラリーがある。市販のものではない。機会あるごとに中国人にお願いして、吹きこんでもらったものばかりである。魯迅、巴金、朱自清《しゆじせい》の作品と『古詩十九首』、『胡笳《こか》十八拍』から『唐詩選』にいたる漢詩のテープがそろっている。

カードを書くのに疲れたときは、私はこれらのテープに耳をかたむける。そのとき私は、けっして、ながら族ではない。白居易《はくきょい》の『長恨歌《ちょうごんか》』と『琵琶行《びわこう》』は、テープをあまりくりかえし聞いたのでほとんど覚えてしまった。気持ちが、どうしようもなく落ちこんだときなど、千年も前の詩人の歌を聞くことが、私にはいちばんの薬のように思えた。

漢詩に親しむことは、時として思いがけないおどろきに出会うことがある。去年の九月、敦煌《とんこう》で壁画の天女《てんにょ》の舞《まい》の説明文を見たときのことであった。そこにはひときわ大きく、「此時無声勝有声」の七つの文字があった。

これこそ『琵琶行』の有名な一節、

冰泉冷渋絃疑絶　　水の泉は冷やかにしぶりて絃《げん》は絶えしかと疑われ
疑絶不通声暫歇　　絶えて通ぜざるかと疑うとき声はしばらくやむ
別有幽愁暗恨生　　別に幽愁《ゆうしゆう》と暗恨《あんこん》の生まるるあり

此時無声勝有声　　この時声無《な》きは声あるに勝る

からとったことばではないか。私は思わずとなりにいた中国人に問いかけていた。

「あっ、これ『琵琶行』のあの……」

「そうですよ。『琵琶行』の中で最もすぐれた表現はこの七文字です。ご存じでしたか」

六十年配のその方は、すらすらと、その一節を暗唱された。

あのときのうれしさは、たとえようもなかった。

夜ふけにひとりでテープを聞くことは、中国語の勉強というより私の大きな楽しみとして、これからもずっとつづけていくにちがいない。

私が考えだした勉強法

朗読の練習はマッチ棒で

「外国語の学び方」という本には、どれを読んでも朗読の大切なことが強調されている。はじめのころ習った杜《トウ》先生も、まず第一にあげておられた勉強法、「只管朗読《チークアンランドウ》」（ただひたすらに朗読をつづける）ということは、やってみると、それはじつに大変なことだということがわかった。

一回や二回ならできないことはないが、それでは、ただひたすらに、ということにはならない。これは、なにかひと工夫しないといけない。そこで考えた末に、私は、マッチ棒を使うことを思いついた。

まず百本のマッチ棒を空箱《からばこ》にとる。この箱は、名刺入れの空箱が大きさと深さからみてちょうどいいようであった。べつにマッチ棒でなくても、碁石《ごいし》でもオハジキでもなんでもいいが、私の場合は、昔よく家中で、これを使ってクイズなどをして遊んだことがあったので、自然とこれになったまでである。

教科書でいえば、だいたい三課くらい、時間にして五分くらいの分量を、一回読みあげると、マッチを一本、空箱のふたのほうへ移す。時間があれば六、七本、なければ二、三本のこともある。こうして百本全部がふたのほうに移るのには、何日もかかるけれど、そこはこま切れの時間の多い主婦業である。流しがかたづいて掃除にうつる前、掃除が終わってひと息つく前に必ず何回か読む。逆にいえば、家事と勉強をひとつの流れにするには、こういう時間の利用法しかないように思う。

学生時代のようなスケジュール表をつくってみたところで、雑事に追われれば、しょせん、それは絵にかいた餅《もち》になってしまう。ただ注意しなければいけないのは、発音である。ただひたすらに読むだけで、間違った音が身についたらそれは問題である。語学が独学ではできにくいのは、この点であろうか。

私は週に一回講習会に行っていたので、いつもそのときに修正された。ものを習うといっても、ただ受け身で教室に通うだけでは、得るものは限られてくる。習う側に、それなりの準備があれば、ひとこと注意されたにしても、そのひとことの重みを肌で知ることができる。

中国語の発音で、私は、tao と dao の区別をいつも注意されていた。中国語には濁《だく》音《おん》がないから、両方とも「タオ」という。ただし、「t」のほうは息の出る音、「d」のほうは息の出ない音のちがいがある。頭ではわかっていても、いざ音になるとどうしても両方とも息が出てしまう。この区別はどこでつけるか。それは舌の先を使うのと、舌の中間を使うことのちがいだった。前歯の裏側に、舌の先端をつければ息がもれる。反対に舌をたっぷり歯の裏につければ決して息はもれない。

こんなふうにして、発音を注意しながら、読みかえしていくと、いつか百本のマッチの棒は全部ふたのほうにうつるようになる。

「読書百遍」というのはうそではない。そのころになれば、だいたいその文章は暗記できる。七十回くらいで暗記できたと思っても、私は必ず百回までくりかえす。「百」という数字になにか魔力があるように思えるからである。そして○年○月○日第一回終了、と日付を書いて次のものにうつる。

次のが終わったところで、また戻って読みかえすと、おどろくほど忘れていることがわかる。そこはそれ、「人間は忘れることによって生きていけるのだ」と割りきって、またくりかえすのである。

まったく、こんなに忘れなくても生きていけるのではないかと思うときもあるが、でもこうやることによって、自分のいれものの中に、わずかずつ、水がたまるように、ことばがしみこんでいくのがわかる。たまった水が蒸発してしまわないうちに、たとえ一滴ずつでも水を落としつづけること、それがもしかしたら「ひたすらに朗読をつづける」ということの効果ではなかろうか。

朗読がある程度できるようになると、先生の要求は少しずつ高くなっていく。間《ま》のとり方や、会話体の読み方が次の課題となってくる。なによりも、まず、音の高低が問題となる。

中国語は日本語にくらべて全体的に音が高い。高低の振幅《しんぷく》がはげしいのだ。日本語でしゃべるときよりも、全体に、自分の声をもう一段、高くしなくてはいけない。さて、どうしたら自分の声を高くすることができるのか。

これは教えてくれる人がいなかった。苦心の末に、私は自分の声を五線譜に置きかえた。どうも私の最初の声がドレミファのドの音から出るらしい。それをソ、まで上げればいい。

ドー、ミー、ソー、と音をあげていく。ソーオーの音をのばしておいて、最後のオーという音を中国語の発音の〝我《ウオー》〟につなぐ。これはうまくいった。この練習のくりかえしで、私は自分の声のトーンを上げることに成功した。いまも、通訳の仕事にかかる前に、この発声法をひそかにくりかえす。高い音は、相手にも好ましい印象を与えるようである。

高い声が出るようになれば、自然に中国語の抑揚《よくよう》も、幅が広くなっていく。本当はこれをクラシックの歌手のように、大きな声で練習するともっともっと効果的なのだけれど、残念ながら、そこまでの練習は家庭では不可能であった。

一万枚のカードを発注

カードを利用するようになったのは、梅棹忠夫《うめさおただお》著『知的生産の技術』（岩波新書）によるところが大きい。

カードというと、すぐに学生時代の英語の単語カードを思い出す。でもこの本で紹介されているカードは、もっとずっと大判の葉書大のものである。いま文房具店に行くと京大型カードとして売られているが、その元祖は梅棹先生のものだったらしい。

この本は、いまでも私の座右の書の一つである。

「ノートに書かれた知識は、しばしば死蔵《しぞう》の状態におちいりやすい。カードの操作のなかでいちばん重要なことは、組みかえ操作である。知識と知識とをいろいろに組みかえてみる。あるいは並べかえてみる。そうすると一見なんの関係もないようにみえるカードとカードのあいだに、思いもかけぬ関連が存在することに気がつくのである。

そのときは、すぐその発見をカード化しよう。そのうちにまた、同じ材料からでも、組みかえによってさらに新しい発見がもたらされる。これは知識の単なる集積作業ではない。それは一種の知的創造作業なのである。カードは蓄積の装置というよりは、創造の装置なのだ」

私はこのくだりを読んで、はたとひざをたたいた。そうだ、この知恵を拝借しよう。

文章はさらにつづく。

「だいじなことは、カードを書く習慣を身につけることである。どうしたら、その習慣が身につくか、根気よくつとめるほかはないのだが、たとえば次のような方法はどうだろうか。

それは、おもいきって一万枚のカードを目のまえに積み上げてみることだ。そうしたら、もうあとへひくわけにはいくまい。覚悟も決まるし、闘志もわく、というものだ」

私はそのとおり、その日のうちに一万枚のカードを発注した。まだ百枚の束が百八十円のときのことである。それは一万八千円の投資であった。

カードはこうして使う

さて、実際にカードを使いだすと、いろいろな問題が起きてくる。第一に失敗したことは、ついついカードにいろいろなことをいっぱい書いてしまうことであった。なにしろ物のない時代に育ったくせが出て、なんとなくもったいないのである。しかし、これはいけない。

一枚のカードに短文一つ。裏には日本語を書く。この単純作業で能率があがるようになるまで、私はいくたびとなく失敗をくりかえした。

人は聞くことと、書くことによって、はじめて立体的にことばが身についてくるようだ。私は、習ったことばはすべてその日のうちにカードにして、ためていった。けれども習いはじめて二年くらいのうちは、一生懸命書くだけで、それを応用するまでは手がまわらなかった。

実際にカードを自分のものとして使いこなせるようになったのは、大阪華語学院に移ってからであった。

ここでは授業にもよくカードを使っていた。クラス全員の約十枚くらいのカードが、先生の机の上に置いてある。会話でも作文でも、一度当たった人はカードがふせられる。席の順でも、名簿順でもなく、自然に一巡、二巡して指名されていく。これはじつによい方法であった。順番がわかっていれば、二、三人前から胸はドキドキしだすし、終わればホッとしてあとはあまり注意を集中できなくなるのが普通だが、この場合は休んではいられない。なによりも公平なのがいい。

ひとりで勉強するのにも、カードをあんなふうに使うのがいちばんだと思った。つくったカードが二十枚ぐらいになると、私は机の上にならべた。まず中国語を表にしてならべて、それを日本語でいえたらとってみた。昔、トランプの「神経衰弱」や百人一首をやっていたときのことを思い出しながら、ひとり遊びをするような気持ちでできる方法である。

次に日本語のほうを表に出してみた。日本語を中国語に訳してとるには何倍かの時間がかかった。そこで私は、カードをまたもとに戻し、やさしいほうの時間をストップウォッチで測ってみた。そしてその時間でとれるようになるまで、反対のほうをくりかえしてみた。

カードのよいことは、トランプのように切れることである。他のカードとまぜて、切って、並べかえて、同じようなことをくりかえす。この勉強法は通訳・ガイドの試験のときに非常に威力《いりょく》を発揮した。

ガイド試験の難関は妙な単語がたくさん出ることである。私は二回落ちてよくわかった。あれは、体の部分の名称からひとつ、病気の名前がひとつ、昆虫の名前がひとつ、国の名前がひとつ、というふうに、それぞれのグループからひとつずつ出題されているのだ。そこで、各部門のカードづくりをすぐはじめた。

「わざわざカードをつくらなくても、見ればわかるではないか」といわれるかもしれないが、見てわかったと思うのと、本当に書けて、読めて、聞いてわかるようになるのには、そこに遠い距離がある。ばからしいと思わずに、ひとつひとつことばをカードに書きうつし、それを切って、ならべて、とって、時間を測る。この平凡なくりかえしが、いつか私をだんだんと生きた中国語に近づけていったように思う。

思えば、いままでの暮らしも、みな、そのくりかえしではなかったか。ひとさじずつ離乳食をふやし、何回も何回も、失敗しながらオムツをとる練習をして、子どもといっしょに暮らして来た日々と、私の勉強は、いつの間にか、ごくスムーズに交わり、入れかわっていった。

カードづくりのコツ

ガイドの試験に合格し、本格的に仕事をはじめるようになると、私のカードづくりもピッチが上がってきた。もう思い入れを深めたり、遊び半分で時間を測ったりしている余裕はなくなってきた。アマとプロのちがいを自覚しなくてはいけなくなったのだ。

通訳でまっ先に実力を試されるのは、あいさつのときである。私のカードに「あいさつ」という区分ができた。あるゆる場面を想定して、「あいさつ」のときに使えそうなことばをカードに書きうつしておく。それをさらにまとめて、自分でテープに吹きこみ、台所で聞く。

仕事は中国へ出かけるばかりでなく、中国からのお客さまを案内して、国内の各地をまわることも多くなってきた。

ガイドともなれば、東京、大阪、京都はもちろんのこと、必ずまわる箱根、鎌倉、日光についての観光資料もそろえなくてはならない。そんなときは、メモを片手に、観光バスに乗るのがいちばんである。日本語のバスガイドの説明を、景色もそこそこにチェックしていく。帰ったら、またそれをカードにつくる。

こういうふうにしてカードをためていけば、名所旧跡については、行く場所によってセットができあがる。たとえば「日光」のカードには、杉並木、ねむり猫、陽明門《ようめいもん》、鳴き竜、いろは坂、華厳《けごん》の滝、中禅寺湖《ちゅうぜんじこ》などがある。それぞれを一枚のカードにして、裏には五項目ぐらいのメモを書きこむ。さらにメモのひとつを一枚のカードにして、説明をつけておく。

日光の仕事が来たら、そのカードをとりだして予習すれば用意は完了である。

問題は、日光にしても、箱根にしても、そこに行きつくまでの途中の時間を、いかにもたせるかということである。きちんと原稿をつくり、暗記をしておいても、そんなものは十五分もたてば終わってしまう。

そこで私は、その途中の話題になりそうなものをカードにつくって、整理することにした。

車窓から目につくものは、まず広告である。そこで私は「広告」というカードをつくることになる。中国と共通の字である「銀行」とか「学校」とかはいいのだが、同じ漢字の国だけに、意味不明の字の質問が相次ぐ。

たとえば「不動産」のように、中国語にはないもの、「○○生命、○○火災」のように、生命・火災という部分は共通語でも、なぜそのうえにいろいろな名詞がつくのか、とか。

「麻雀」は中国ではスズメのことだから、これもよくわからない。そこで質問される前に、これらの字が見えたら、すかさず、そのことばの説明に入る。そのことによって話題は広がり、車内のムードもよくなっていくのである。

通訳、ガイドいずれにしても、仕事は、打ちあわせ、随行《ずいこう》、精算という順で進む。これらが終了しても、私にはもうひとつ大きな仕事が残っている。お礼状を書くことである。

通訳にしても観光ガイドにしても、終わったあと先方のツアーリーダーや団長に、私は字引をひきながら苦心していつも手紙を書く。仕事中、とくに印象に残ったことや、縁あってごいっしょできた喜びを、仕事の余韻《よいん》のさめないうちに形にしたい。ありがたいと思ったことは、態度で表さなくてはいけない。

このとき役にたつのが、やはりカードなのである。

「あっ、この日本語は、中国語ではこんなふうに表現するのか」

と、書きとめておいたことばは、手紙を書くときに必ず生きてくる。これが私の作文の勉強でもあった。

それに、手紙は「返事」という、なによりの教材をじかに私に届けてくれる。

こうして文通のはじまった方たちとの何年間にもわたるお便りは、いまでは私の大切な宝物のひとつになっている。

いずれにしても、カードをつくるのは、だいたい夜の九時以降である。これは帰りの遅い主人を待つのには都合のいい作業であった。カードは区切りがつけやすい。聞きなれた足音で、主人の帰りがわかる。その足音が止まり、ドアに手がかかる音がしたらペンを置く。しかもカードは、かたづけるのに一分もかからない。

資料をカードにすることにしてから、今年でちょうど十年になる。私の宝物はますますふくらんでいきそうである。

中国語の「身の上相談」

私はいま、自宅で中国語教室を開いている。全部個人教授である。しかも、ひとり一カ月に一回、という決まりがある。語学は毎日つづけなくてはいけないのに、ひと月に一回ではなんにもならない、と思われるかもしれないが、私はただ勉強法をお話しするだけなのだから、これで十分だと思っている。いわば中国語の「身の上相談」なのだ。

お見えになる方の質問で多いのが、

「どうしたら話せるようになりますか」

である。そんなとき私は、会話の上達法云々より、まず「話題の探し方」「一分間の日本語」をすすめてみる。日本人同士でも初対面の人とは話題を探すのに骨を折る。

まして外国人となればなおのこと、でも、そこはありがたいことに、中国人には共通語である漢字がある。

できれば話から入りたいが、最初はどうしても目に頼る。見ればわかりやすいから筆談から入ればいい。習いはじめのころ、私は筆談で、

「今天没有外人《チンテンメイヨウワイレン》」（今日はうちうちだけだから）

といわれたことがあった。字だけ見て私は、（ははあ、中国人も見知らぬ人を「外人」というんだな）と思った。そうしたら、本当はこれは外国人という意味ではなくて、単に仲間以外の者、つまり第三者のことをいうのだと知らされた。そこから話の糸口がつかめた。

ひとつおぼえたら反対語をすぐに覚えるといいといわれていたので、

「では身内の人なら内人《ネイレン》といいますか」

と聞くと、内人は奥さんのことになるといわれた。

「教科書には、ご主人も奥さんも愛人《アイレン》って書いてあるのに……」

すると相手は急に雄弁になった。

「内人《ネイレン》、家内《チヤアネイ》、夫人《フーレン》、太太《タイタイ》、それから糟糠《ツアオカン》とか賤内《チエンネイ》、これは古いけれど。そうそう、○○の爸爸《パパ》、○○の媽媽《ママ》と、子ども中心にして呼んだりもするし、私などは老伴《ラオパル》とい

うのよ」

なるほど。日本でもいろいろな呼び方があるけれど、中国のまねなのかな。

では、私も夫のことを老伴《ラオパル》と呼んでみよう、と思った。結婚して二十年にもなれば、もうりっぱな「老いたる同伴者」である。

相手がどんな顔をするか楽しみで、別の機会に「我老伴《ウオラオパル》」（私のつれあい）などとためしに使ってみたけれど、誰もとくに表情を変えなかった。おそらく私くらいの年代では普通の呼び方なのであろうか。

こんなふうに、簡単なことばひとつでもなんとなく話は広がり、それにつれて自分のいえること、いえないことがはっきりしてくる。それが大事なようだ。

話題の探し方は一分間の日本語が役にたつ。

一分という時間はけっこう長い。自分のまわりを見わたして、目についたものを話題に、一分間しゃべってみる。そしてそれが中国語に置きかえられるか、ためしてみる。たとえば、いま私は鉛筆で原稿を書いているから、「鉛筆」をとりあげると、

「ペンより鉛筆のほうが書きよい」

「書きまちがえてもすぐ消せる」

「それには消しゴムつきが便利だと思う」

「鉛筆を削るのはボンナイフがいい」

「このごろの子どもはナイフが使えない」

「鉛筆削りを使うことが多い」

「このごろは鉛筆削りもいろいろな種類があるらしい」

「入学祝いなどで、春によく売れるという」

これくらいで約一分である。さて、これが中国語になるかしら。すぐに全部訳せなくても、いっこうにさしつかえない。わからないことをいっぱい持っていることが、話題づくりに役だつのだから。あとは、

「○○は中国語でなんといいますか」

といういい方を覚えていれば、中国人と会ってもなにを話したらいいかわからず、お互いにほほえみかわすだけ、ということにはならないですむ。

「中国語を習っても、使う機会がない」

といっていたら、本当に使う機会ができたときに役にたたない。中国人と友だちになれたり、中国人の先生についたとき、「教えてもらいたい」と、漠然というだけではなかなか進歩はしない。中国人が話すのを聞くのはたしかに勉強になるが、それだけだと、相手のムードに包まれて、なんとなくうまくなったような気分になるので、

気をつけないといけない。

もし、話題を探すことができなかったときは、自分で暗記できたと思った文章を聞いてもらうのもいい。自分ではスラスラいえるつもりのものも、人前でいうとなかなかうまくいえないものである。

以上のような勉強のやり方は、大阪華語学院で鍛えられ、身につけたものである。いずれにしても、いつもなにか自分自身で訓練なり準備をしていないで、ただ話せるようになりたいと思っても、それは少々無理というものだ。

これは私がさんざん失敗しながら、自分自身でどうやら歩いてきた道だから、自信を持っていうことができるのである。

第四章　ひとり中国を行く

北京でもうひとりの自分になる

北京への思い入れ

「台所から、本当に北京が見えるみたいだね」

アイルランドに大使館の仕事で行っていた次男が帰ったばかりのころ、ふとつぶやいた。

このところ年に数回は行く北京から帰るたびに、私は中国ボケをしているのであろうか、あまりにせまいわが家の台所で、中華鍋を派手にふって、まわりを油だらけにしたりする。本職のコックになった息子から見れば、噴飯《ふんぱん》ものなのだろう。

それでなくとも、どうしても中国と日本の切りかえはむずかしい。もう慣れているはずなのに、中国に着いたはじめは、あまりにも大陸的なペースにいつもイライラするし、日本に帰ってから数日は、今度は家族が私の中国ペースにとまどうらしい。

「北京に何十回も行って、よくあきませんね」

とよくいわれる。でも、たとえその回数がさらにふえつづけても北京だけは、私は決してあきることはないと思う。

空港から市内に至る、滑走路にもなりそうな柳とポプラの一直線の並木道。そこはいつも季節の移り変わりを美しく私に知らせてくれる。

春の芽ぶきのときから、深緑の夏、そして葉が落ち、巨大な棒くいの羅列《られつ》となる冬の姿。私はあの道を通過するだけで、

――ああ、また北京に来られた――

と胸があつくなる。

多分それは、かつて中国語を学んでいたときの、

――いつか北京を歩いてみたい――

というあの深い思い入れがそのたびによみがえるからであろう。

とはいうものの、長くて一週間、短いときはただの一日だけの滞在は、気軽に知人を訪れることもできない。回数がかさなると、かつて私が魂をゆさぶられるような感激で立った万里の長城も、何か旧友に会うようななつかしさが先に立つ。

幾年ふるさと　来てみれば
咲く花鳴く鳥　そよぐ風
…………

心に浮かぶものは感動でなく感傷だ。

いつの間にか中国は、生まれた国でもないのに、故郷のようなやすらぎを、私に与えてくれるような大地になっている。

中国も、たしかに前よりずっと生活にゆとりができた。映画や、公園の散歩に加えて、配給ではなく品物を選ぶ楽しみや、遠出して遊ぶなど、レジャーも多くなってきた。

楽しみといえば、山口百恵出演の「赤い疑惑」（中国名〝血疑〟）の人気はそれはたいしたもので、主人公の「シンツ」の名前は中国人で誰ひとり知らない人はいない。なぜ私がそれを知ったかというと、仕事に入って自己紹介をするとき、

「姓は長澤、長短の長に、毛沢東の沢です。名前はシンツ（信子）……」

といっただけで、車の中がどよめくのである。

「シンツ！　あなたはシンツなの」

「この名前は中国人にいちばん親しみのある名前だ……」

と、ただそれだけで百年の知己《ちき》のような関係になってしまう。呼称の恐ろしさ、不思議さにおどろくばかりである。

私は、このドラマを、中国ではじめて知った。

それが放映されていたのは夏から秋にかけてであったが、その週の、その時間になるとホテルの従業員がなんとなく消えてしまうのだ。

日本でも昔、「女湯がガラガラになる」という形容があったが、それどころではない。

仕方なく自分の部屋でひとりでテレビを見ることとなる。主題歌も大流行で、歌詞を教えてくれ、と何人もの人にいわれたけれど私はもとより知らない。そこでテレビから走り書きで書きとめたりもした。

見ればなかなかストーリーは感動的で、

――なるほど、薄幸《はっこう》の少女の物語か――

とも思い、次も見たくなる。なんのことはない。私も中国の人たちを笑えない。

自己紹介もだんだんと慣れ、私はなんとなく皆から「シンツ」と呼ばれるようになった。おもしろいもので、そうすると「長澤先生」と呼ばれるのとは、まったく違う親密感がわく。こんなことで、思いがけなく、中国語を習って以来ずっとのろってきた「長澤」というむずかしい発音からも解放された。まったく何が幸いするかわかったものではない。

はじめての長期滞在

この春、日通航空から電話が入った。

「十一月に、大きな展覧会を北京ですることを受けたので日程をあけておいてください」

そこでまっ先に思ったことは、

秋の北京に一カ月！

そして、シンツ、と呼ばれて親しくなった人たちに、またゆっくり会えるという喜びであった。

秋の北京は一年のうちでいちばん美しい。

秋は旅行の最盛期、多分ツアーとダブるだろうな……という思いが頭をかすめたけれど、

——北京に滞在できる——

というのが魅力で、これはなんとしてもひき受けたかった。受話器を持ったまま、私の心はもう北京に飛んでいた。

「はい、おひき受けいたします」

半年あればスケジュールの都合はつく。私はその場で返事をした。

この展覧会は正式の名前を、

〝'84　北京　省エネ・ボイラー・計測器展覧会〟

主催は、

日本側　日中科学技術文化センター

中国側　中国国際貿易促進会

会期　一九八四年十一月二日（金）〜十一月十一日（日）

期間は十日間だが、前後の仕事を含めて私はちょうど一カ月、北京にいられることになる。

東京での説明会では毎日来る人と帰る人、途中で参加する人の人数があまりにも変化するのが気になった。全員シングルルームがほぼ確保された、ということも、

――ほんとかな――

という思いがしたが、ホテルはなにしろ新しくできた〝麗都《リド》飯店〟と決まっている。

〝リド〟という名前もなんとなくフランスの香りがしてスマートだし、ここなら多分、中国にありがちな、

「窓を開けようとしたら、枠《わく》ごとはずれた」

「風呂に入っていたら、急に水しか出なくなった」

などということはないだろう。

私はシンツと呼ばれ、個人的に親しくなった人のふえたことに気をよくし、つい中国の現実までを甘く見るようになっていたのだ。

思えばそれがつまずきのはじめであった。

「没法子《メイファーズ》」の心境

十月二十一日、私たちは先発隊として四名で出発した。いや、先発隊と思っていたのは私ひとりで、この四名のうち一名は代表者であった。実務のすべて、すなわち展覧会場とホテルの事務局、通訳の仕事を三人だけで受け持つことになることを、私は成田空港ではじめて聞いた。

「あとは現地で中国側の事務局といっしょに仕事をすることになります」

「…………」

乗りかかった船である。

——何とかなる——

私はもう覚悟を決めた。

北京の秋はさわやかである。すこしいればすぐ肌がかわき喉がいたくなるような乾燥した空気も、はじめはじつに気持ちがいい。

勝手知ったる税関をこれも顔見知りの係員と冗談をいいあったりして外に出る。私は北京に着いたうれしさに、胸いっぱいに深呼吸をして口笛でも吹きたいような気持ちになっていた。出迎えてくれた「北京展覧服務公司」の人に、

「リドは満員で入れません。皆さんひとまず機場賓館に行きましょう」

といわれるまでは。

機場賓館というのは、空港のすぐ近くにある中国民航直営のホテルで、エンジントラブルや天候不順で飛行機が飛ばないとき、急遽《きゆうきよ》旅客を収容するホテルである。まあ中国のビジネスホテルとでもいうのだろうか。バスはなく、シャワーだけなのもなんとなくわびしい。でもなにしろ空港と目と鼻の先なので、怒るまもなく着いてしまう。

「リドに部屋がない？　いったいここに何泊し、これからどうなるのだろう……」

とたちまち不安になった。中国側は、

「いま中国は四つの展覧会が重なってとても大変です」

というばかり。

日本ですべての手配が終わっているという話はどこから出たのか。

「とにかく今日は仕方がない。明日のことは明日考えよう」

『風と共に去りぬ』のスカーレット・オハラのようなことばをつぶやきながら、旅の疲れもあってその日はそのまま寝ることにした。

それはまさに嵐の前の静けさであった。

翌日、四人は口数も少なく、そそくさと朝食を終え、すぐ関係機関に出かけた。こちらの気持ちとはうらはらに、中国側の人たちはおおらかな笑顔で、抱きかかえんばかりに迎えてくれた。

そこには遠来《えんらい》の客を迎えるうれしさがあふれていて、少しも芝居がかったものはない。私たちもいたしかたなくこわばった笑顔でそれにこたえ、その先のことばを待った。

「四つの展覧会が重なって、ホテルがどこも満員なのです」

相変わらず返ってくる答えはそれだけである。

そんなことが理由になるか、だいたい受けきれないほどの展覧会を、なぜ同じ時期に北京側が受けいれたのか……。

われわれは全員同じ疑問を持ったが、いまは目前の問題に対処しなければならない。

じっとそれからの説明を聞いてみれば、

「新しいホテルは、コンピューターに英文の名前を打ちこまないと予約できない」

何かと気がせく私たちと、ゆったりと落ちついて説明する中国側との間にちぐはぐな時間が流れる。そして最後に、

〝日本側の人数の半分だけの、すなわち、全員ツインルームならなんとか確保するように努力する〟

という中国側からの申し出で話は落ちついた。すぐにこちら側の行動開始である。

参加者の半分の部屋数となれば、当然別会社の人が同室になる。商社とメーカーならまだいいが、商社同士の組みあわせはまずい。英文の部屋割りは、明朝までに出さなければならない。徹夜の作業がはじまった。

組みあわせを考え、書きだし、名前を確認し、ローマ字をふり、表に書きこむ。手わけしてどうにかできあがったときには、意識がもうろうとしていた。

秋の北京！

なんて喜んだのは誰だ。

「皆、文句いうだろうな」

「そりゃいいますよ」

「展覧会が四つも重なったんだから仕方ないでしょう」

だんだんこちらの思考も中国的になってきた。

没法子《メイファーズ》——仕方がない。

中国人がよく口にすることばの重みを全身で感じる瞬間であった。天災や圧政を何千年とくりかえしてきたこの国の人たちは、自分の力ではどうすることもできない事態のとき、絶望的な気持ちでこのことばをつぶやいたにちがいない。

没法子——このとき私も自然にこんな心境になっていた。

一夜あけて、大型バスが空港から到着すると、これぞ商社マン、という人たちが颯《さっ》爽《そう》とホテルにくりこんできた。

いかにも国際ビジネスに慣れたという感じでフロントに立ち寄り、チェックインをする段階になって、自分が見ず知らずの人と同室になることを知らされ、ロビーは混乱しはじめた。

「そんなバカなこと」

「じゃ、よそのホテルとってよ」

それができれば問題ない。こちらは経過の説明に懸命だった。

仕方なく組みあわされた二人は、おたがいに顔を見あって、

「私はいいですけれど……」

とことばを濁される。

「皆さまツインになられるのでしたら、先に入ってあとから知らない方と組まれるより、いまいっしょにお入りになったほうがよろしいのではないでしょうか」

恐縮しながらも、あとにはひけない思いで話す。このことばがいくらか効果があったのか、渋々ながら潮がひくように人々の姿がロビーから消えていった。

一山《ひとやま》こした。私たちは同じ思いで顔を見あわせた。

最初に到着したグループは企業の先発隊だった。不満はあったとしても、仕事が山積みでホテルのことなどにそう時間は割《さ》けない。そこでなんとかおさまってはくれた。

しかしオープニング・セレモニーに来る会社の上司を迎えるとなると、各々の会社でなんとしてもいくつかの部屋が必要になってくる。

それこそ膝づめ談判で、シングルルームの要求がはじまる。

こちらはその要求を持って中国側の事務局へ行き、マネージャーと相談する、とい

うことをくりかえす。最後には到着寸前までロビーのジュウタンに座りこんでの強談《こわだん》判《ぱん》となった。

「長澤さん、やっぱり正座すると、決まりますすね」

そこはさすがに商社マン、土壇場《どたんば》になってもお世辞は忘れない。とにかく最後まで粘って、シングルをいくつか確保したときには、全身の力がぬけてしまった。

そして翌日。

「なにせ、明日は全員揃踏《そろいぶ》み」

といっていたことばどおり、貫禄《かんろく》のある方たちが到着した。全員いっしょに開会式にのぞむ姿を見たときは、私たちは惚《ほう》けたような笑いを浮かべていたと思う。

昨日までの自分たちのあわてぶりと、堂々の土俵《どひょう》入りのように開会式に進まれるお歴々との対照が、なんともおかしかったのだ。

ほとんど徹夜に近い連日を過ごした私たちも、どうにか開会式を過ぎるころから、すこしずつ自分の時間が持てるようになった。航空券の変更や、頼まれた買い物などで外に出ることもふえた。会場にも仕事が待っている。

それでも、あこがれの地、夢の大地であった北京にはじめて降りたってから七年、ようやくひとりで気軽に街を歩ける日が来たのだった。

中国人になりすましてみる

こうなると現金なもので、いままでの苦労もすっかり忘れて、暇を見つけては外に出るようになった。

ストレスの解消には、買い物にオシャベリ、そして食べること。誰でも同じだろうが、ちょっとしたコツをつかむとずっと楽しくなる。

王府井《ワンフウチン》は日本でいえば銀座。新宿、浅草にあたるのは、東単《トンタン》、西単《シータン》、前門通り。このへんで中国人になりすましてみよう。外国語を学ぶ喜びは、もうひとりの自分になりきれることだ。

私はいままでの仕事を忘れ、たちまち一中国人になったつもりで名もない店に立ち寄った。もう誰かれとなくニイハオ、ということもなく、八方に気をつかう必要もない。

素顔でごく自然に自分の足の向くまま街をぶらつける。それにはまず服装から考えよう。何もすべて中国製品で身をかためなくてもいい。セーターにズボン、それと磨いてない靴、口紅をつけないお化粧。もちろんいままでは若い人の薄化粧は珍しくないけれど、年配の人はいまでも化粧っ気はない。できれば素直な髪を耳たぶ下三センチぐらいのところで切りそろえれば申し分ないのだけれど、それはむずかしい。

そこで私は考えた。これはパーマ屋さんに入って、地元の人のようなパーマをかけてもらうに限る。でも電髪はやめておこう。髪が全部さかだつようなかけ方を見ると店に入る勇気は消える。

冷燙《ロンタン》（コールドパーマ）と大書してある理髪店に入った。

「パーマかけたいんだけど」

私はできるかぎり口数少なくブッキラボーにいっていすにかけた。髪にブラシをあてながら男性の理髪師は開口一番、

「あなたは日本人か？」

と聞く。どうもまだすぐ見ぬかれてしまう。

「華僑よ」

といってみたが、

「いいやちがう。髪の質がちがうからすぐわかるよ」

これでは仕方がない。

「流行の形にしてね。私に似合いそうな」

私は度胸を決めていすに深く座りなおした。彼はその間に何回も、

「いい髪だ。いい髪だ。硬くていい髪だ」

と、くりかえしながらブラシをかけている。

「硬い？」

私はちょっと不安になった。私は猫毛で形がくずれやすく苦労しているのに、中国人から見れば硬いのかな？　こちらの思わくをよそに、彼はハサミでバサバサカットしていく。まあ、いいや髪はすぐのびる。そのへんまではよかったが第一液、第二液と進むのに、時間がどうも普通より長いようだ。人を呼びたくて見まわしたが、混んでいるので私のそばに人はいない。

やっと私の係の人が来て、すべてのカーラーをはずし仕上がったのをみて、私は腰をぬかしそうになった。鏡にはアフロヘアーの別人が座っている。

いくら中国の若い人の間でパーマがはやっていても、こんなのは見たことがない。

――どうしよう――思い悩む間もなく、

「好了《ハオラ》」（すんだよ）

ということになり、値段を聞くと十二元（約千円）だった。

よし、中国人に見えないのなら、いっそ日本人でもないということで通そう。聞か

れたら、そのときの気分で、どこかの国の人間になろう。その国のことばのできる人に出会うことなど万にひとつもないだろうし……。

そう思って街に出た。

不思議なことに、今度は誰も私のことを「日本人か」とも聞かないし「どこの国の人か」とも聞いてこない。このことはいまもって解けない謎のひとつであるが、腹を決めてしまった行動が、むしろ素直に受け入れられたのかもしれない。こうして私の作戦は二転、三転しながらも、どうにか思わくどおりとなった。バスに乗り、地下鉄に乗り、まったく普段のままのスタイルで北京を歩く。これが長年の夢だったのだ。

髪のことも気にならなくなり、地理にも明るくなり、事務局の仕事も慣れたころ、私の北京滞在も終わりに近づいた。仕事は忙しかったが、「シンツ」といって親しんでくれた方たちにも会えたし、北京の秋も満喫できた。

アカシヤの葉が風に舞う中を、私たちはホテルの多くの従業員に見送られて帰途《きと》についた。いろいろとすべりだしはがたついたが、全体としてみれば成功だったことも、私たちの気持ちを明るくしていた。

さて東京に帰って久しぶりにいつも行く美容院に行くと、店の人が呆気《あっけ》にとられたような顔をして私を見ている。

「どうしたんです。その髪……」

「あっ、これ、ちょっと外国でいたずらしたの」

「どこの外国？」

「おとなりの中国」

「……切っていいですか……」

「どうぞ」

あのときから見ればずいぶん落ちついたと思われるのに、彼女は首をふりながらしみじみといった。

「中国も変わってきたようですね」

「そうよ。中国はどんどん変わっている最中よ」

二人はそれぞれの思いで、同じようなことばをつぶやいた。

中国からの招待状

ひとり旅のパスポート

中国へ行ったり、中国から来られる代表団の通訳をしていると、必ずいくつかの個人的な質問にあう。

——中国に住んでいたことはあるのか——

——中国語をどこで勉強したのか——

——親、またはご主人が中国人か——

——家族でほかに中国語を話す人は——

先日、浙江省《せっこう》ではじめての外国人を迎えることになった普陀山《ふださん》で、私は国際旅行社の幹部の方に迎えられた。

中国はいま、次々に新しい観光地を国外に開放しているが普陀山もそのひとつである。ここはまた、国際航路の重要な航路標識にもなっている。そこで「中国沿岸クルーズ」という多国籍ツアーが、上海からはじめて立ち寄ることになった。それは浙江省旅游局にとっても初仕事であった。

報道陣が集まり、歓迎パーティーがつづいた。中国国際旅行社主催の懇談会も開かれ、欧米人のツアーリーダーに混じって、私は日本人代表として参加させていただいた。

日本に関してはとくに質問が多く、この仏教にゆかりのある普陀山が日本人誘致に大変熱心なことがよくわかった。

親しくなった方も多かったので、別れぎわにお礼の気持ちもこめて自著をさしあげた。

本の中で杭州《こうしゅう》にもふれている。それを見て会議の司会もされた孫《そん》さんと周《しゅう》さんは、ほとんど同時にこういわれた。

「私たちはあなたを浙江省に招待します。浙江省により多くの日本人に来てもらうには、どうしたらいいか、新しく開放予定の地を含めてどんなコースが日本人には喜ばれそうなのか」

「あなたは〝日本観光通訳協会〟の会員ですね。いま私たちも、ガイド協会を設立する準備中なのです。そこで日本の協会のことを話してください」

「招待！　私を、個人で？」

本当のことをいえば、私はひとりで中国のあちこちを歩きたいと、ずっと思いつづけていた。旅行社から頼まれるたびに、仕事で好きな中国に行けるとは、なんと素敵なこと、と思って喜んだし、いまでもうれしい気持ちは変わらない。しかしお金をいただくということは、やはり大変なことである。

プロとして、いかに初対面同士の団体をうまくまとめ、より内容の濃い、思い出深い旅にするかということに、全力を費やさねばならない。

仕事が終わったときは疲れはて、いっそう、ああ、ひとりで気ままに中国を歩きたい、という思いがつのる。

中国に自由化の波が押しよせ、開放政策によって個人の旅行も大幅に自由になってきたとはいえ、まだまだひとり旅には不自由の多い国である。列車や飛行機の切符にしてもすぐには買えないし、タクシーも貸し切りにすれば費用はそう安くない。ひとりで歩くのは先のこと。私はおそらくあと数年ぐらいはかかるだろう、と漠然と思っていた。

それがすぐにでも実現できそうなことを感じて、うれしさより、信じられないという思いが先にたった。

にこやかに私を見ていた周さんは、

「あなたの都合のいいのはいつごろ？　それに合わせて私たちはすぐに招待状を送ります」

話はその場ですぐ具体的になっていった。私はとっさに、春はだめ、秋もだめ、あそうだ夏もだめだ、と思った。春と秋は中国からの代表団が多いし、夏休みは旅行の最盛期で、私はほとんど家にいない。

残るのは冬だけである。私たちの同業者は「冬は冬眠、熊みたい」などといって、冬のうちは個人的な旅行をしたり、いっしょに食事をしたりする。添乗員の研修会で一泊旅行があるのもやはり一月の中旬だ。それはとても楽しい旅行である。たとえばバスの中で突然「救命胴衣音頭」などの余興《よきょう》が出る。各国の航空会社のしぐさと説明のまねである。

何十回も外国へ行っている人たちばかりなので、それは上手でとてもおもしろい。さまざまな情報交換もあり、各国語のアナウンスのまねも出る。私などは、バスの中でできる簡単な、本場中国の指圧などを披露して大受けに受けたりした。

そんなことを考えて、やはり行くなら一月の中旬すぎの二週間、と決めた。

帰国すると、簡単な手紙のやりとりがあって、すぐ正式な招待状が届いた。これさえあればビザはいらない。話はトントン拍子にすすんだ。

一月十七日の中国民航九三〇便のチケットも決まった。私にとって、それは記念すべき中国ひとり旅のパスポートであった。

精進料理のメッカ

一月十七日の中国民航はシーズンオフのせいか半分くらいしか乗客がいない。いつもは団体でいちばん後ろのほうまで歩いていって、やっと席に着くのに、前から三列目なのもうれしい。

中国ひとり旅。どんなに前から夢見ていたことだろう。しかも今回は浙江省旅游局の招待である。行く先では通訳としてでなく、個人として謝辞を述べなくてはいけないこともあるだろう。せっかくのチャンスだから気負うのはやめよう。おさえて、おさえてよい旅にしなくては。

その夜遅く上海に到着。杭州に着いたのは翌十八日。ちょうど一九八四年の旅行業の総会が終了した日であった。

前年浙江省を訪れた外国人は十八万人。出迎えにきてくれた旅游局の方ともすぐその話になる。その内訳は、欧米・華僑の旅行者の合計が十二万人。貿易・政府関係者が三万五千人。日本人は二万五千人だったという。

今回私が呼ばれた目的も、どうしたらこの人数を大幅にふやすことができるだろうか、ということであって、このあたりも中国各省が自分の省の旅行業務に本腰を入れてきたことのひとつの表れを見る思いがする。


杭州は、上海にも近くて地の利がよいうえに、蘇州《そしゅう》とならんで、

——天に極楽あり、地に蘇杭《そこう》あり——

ということばでも有名な風景地区である。そのシンボルとしての西湖《せいこ》には蘇東坡《そとうば》ゆかりの「蘇堤」や白楽天《はくらくてん》の「白堤」が岸辺を彩っている。

「西湖十景」には、平湖秋月、断橋残雪等がならび、四季折々の美しさを誇っている。

マルコ・ポーロが、

——世界中で最も豪華な、最も富み栄えた都——

とたたえた、といわれるのもうなずける。

湖畔の柳が芽ぶき、桃の花の咲くころは、まことにここは天国とも、極楽とも呼ばれるのにふさわしい景色であろう。

湖のほとりで、名物のハスの根からとったくず湯を飲みながら、そんなことを私は

考えていた。

どこの観光地でも同じかもしれないが、中国でも〝景色がよい〟だけでは、一度来た客を二度、三度と呼ぶことはむずかしい。

それに美しい季節だけ集中して客を呼ぶとすれば、またホテル難という宿命にぶつかる。旅のムードは宿によって大きく左右されることを、お互いわれわれはもう十分に知っているのだから。

そうなるとやはり桃の咲く時期だけでなく、一年中外国人客の喜ぶ新しい企画を考えなくてはならない。

杭州には霊隠寺《れいいんじ》という精進《しょうじん》料理のメッカがある。日本人客向けの豊富な精進料理の店をつくって、気軽に食事を楽しめるようにすることを提案してみた。たとえば霊隠寺の境内《けいだい》では屋台で「素鶏《スチー》」という湯葉《ゆば》でつくった春巻のようなものを焼きながら売っている。

素朴なものだがとてもおいしい。両毛《リヤンマオ》（約二十円）出してひとつ紙にくるんでもらい、食べながら境内を歩けば、地元の人と同じような気分になれる。

そこで私は、杭州のいちばん大きな精進料理の店にひとりで行ってみることにした。いちばん有名な精進料理専門店は、杭州市延安路《イエンアンルー》三十号。「素春斎《そしゅんさい》」責任者は趙柏雷《チャオパイレイ》さん。

中国でよくあるように一階と二階に分かれていて、一階は大衆食堂、二階は高級レストランになっている。

四人以上は一日前に予約が必要とのことであった。一人か二人でふらりと入るなら、昼は午前十時〜午後一時、夜は午後四時〜七時ならいつでもいい。

最近二階の奥に「特色餐庁」というコーナーもできて、そこには大きく「一九一九―一九八五」という数字が見えた。これはこの店の歴史を表している。一九一九年に無錫《むしやく》から来たひとりの料理人がここで精進料理の店を開いたのがはじまりということだった。

刷りあがったばかり、というメニューを見ると、「○○猴頭《こうとう》」の字が見える。

「サルの頭って何ですか」

「キノコです。キノコはたくさん種類があって」

といいながら見せてくれたものは、カリフラワーそっくりの形だった。いわれてみれば、なるほどサルの頭に似ているものもある。

「何人働いていらっしゃるのですか」

「百九名。コックは二十名、一級が一人、三級が一人、あとは見習いですが、近く国家試験があるので何名か昇級すると思います」

「試験は一年に一度ですか」

「決まっていません。この前は五年ぐらい前だったかな……。さあどうぞ、どこでも見てください」

調理場に案内されたので、私はゆっくりと見学させていただいた。

新鮮な野菜や冬のタケノコ、多くのキノコ類や湯葉のならぶ中で、数人のコックさんが手ぎわよく仕事をしている。

大ぶりのどんぶりの前では、一人が手からおだんごのようなものを次々としぼりだしていた。カタクリ粉でつくった、つみれである。使用する油も、もちろんすべて植物性のものばかり、試食させていただいた品はどれもあっさりして口あたりがいい。

一皿二元《げん》（約二百円）ぐらいから五元（約五百円）ほどで、量は二、三人で食べてちょうどいい。一人で来たときは二品どまりにしないと多すぎる。

団体で申しこむときは、一人十五元から五十元まで、五元きざみで受けつけてくれる。そのときにスープは忘れずに「西湖蒓菜湯《せいこじゅんさいとう》」にしてもらうこと。日本料理のジュンサイのお吸い物を想像していた私は、大どんぶりにいっぱいモコモコとジュンサイが浮かんでいるのを見てびっくりした。ジュンサイを押しのけてスープをすくうのに苦労してしまった。

特別食堂から下におりていくと入口に行列ができている。持ち帰りの人たちが買うためにならんでいて、これまた干豆腐《ほしどうふ》と湯葉と野菜の炒め物で名前は「炒牛肉《チヤオニユウロウ》」。あつあつの湯気のたつものを、各自持参の入れ物に買って帰るのを、私はちょっとうらやましい気分で眺めていた。

窓を見ると「臘八粥《ろうはちがゆ》」の広告が見える。旧暦の十二月八日にだけつくる特別のお粥である。大昔の風俗が今年から復活したというニュースも心なごむものであった。

杭州の精進料理はこの他にもう一カ所、花港賓館《かこうひんかん》の二階のレストランで食べることができる。

ここはおもしろいことに一般の中国料理もいっしょなので、一卓のうちに半々にして頼むこともできる。若い人はやはり肉類もほしいだろうから、両方同時に味わうのも旅の楽しみのひとつになるかもしれない。

私はここでトリのもも焼そっくりの「鳳腿《ほうたい》」というのをご馳走になった。

「ニワトリでなくて鳳凰《ほうおう》ですか。広州では蛇の肉を竜の肉といい、猫は虎と称される。これはいったい何でしょう」

「長澤さん、あなたは精進料理って騒いでいるじゃないですか。これも全部野菜ですよ」

私はここは広州でなく杭の杭州だったと思い直した。

お別れの前日、杭州分社に呼ばれて皆さんと懇談会が開かれた。その席で私は、西湖一周マラソンと貸自転車の準備も提案してきたから、もしかしたら近い将来にサイクリングやジョギングする人々の姿が杭州の町を彩ることになるかもしれない。

一汗《ひとあせ》流したあと軽く精進料理で、これも地元の紹興酒《しょうこうしゅ》などを楽しめば、日本人の寿命もまた延びるのではないかな、などと考えながら、翌日私は次の目的地紹興に向かった。

紹興の酒

紹興は水郷《すいごう》である。杭州からわずか一時間の列車の旅で日帰りでも十分に楽しめる。でもあの水の上に浮いているようなひなびた街の夕暮れは、とても風情のあるものなので、できれば一泊したいところだ。

早朝は南門という船つき場に朝市がたつ。一月の夜明けはまだ手袋がいるほどの寒さであったが、ジョギングのつもりで出かければ、大丈夫。朝もやをついて走るのも気分がいい。

観光するところもとても多いが、まずは王羲之《おうぎし》ゆかりの〝蘭亭《らんてい》〟から。王羲之の書は「天馬行空、游行自在、竜飛鳳舞……」といわれているとか。天馬空を行く、というのはここから出たことばなのかな、とあらためて感心しながら「蘭亭」の序、三百二十四字を拝観する。ここにはゆかりの「鵞池《がち》」もあるし、その碑《ひ》もそのまま残っている。

土地の故老《ころう》によればその石碑の〝鵞池〟の字は二人の合作という。王羲之が〝鵞〟まで書いたとき、皇帝の使者が見えたため、〝池〟の字はその息子の王献之《おうけんし》の手により完成されたという。父子二人を称して二王といわれる書聖の逸話で、これは「千古《せんこ》佳話《かわ》」として伝えられている。

その鵞池を過ぎると美しいお庭に出る。ここが、流觴《りゅうしょう》曲水で有名な所。觴とは酒杯のことだ。昔、王羲之等文人墨客《ぼっかく》が、その曲水のほとりに席をしつらえ、流れに浮かぶ盃《さかずき》がもし自分の前に来たら、その盃をとり、酒をのみほして詩を披露した。私はその両側に耳のある水に浮くようにできた盃の模型を買って帰ったが、五勺《しゃく》ぐらいは入るその盃は手にやさしく、往時のみやびやかな遊びを伝えてくれるような心地がする。

いまでも旧暦三月三日には、古式にのっとった蘭亭書会とこの曲水の遊びがつづい

ている そうだ。

美しい水の流れと、静かなたたずまいのこのお庭で、やがて日本人の句会などもおこなわれたら、どんなにいいだろう——私は立ち去りがたい思いでそこに別れを告げた。

そのほかに周恩来《しゅうおんらい》総理、魯迅、また女性の烈士《れっし》、秋瑾《しゅうきん》の生家等で知られている。とくに魯迅の作品の中で『孔乙己《コンイーチー》』を読んだことがある人にとっては忘れてはならないのが「咸亨酒店《シエンフオンチウテイエン》」である。

いまでいう一杯飲み屋のこの酒店を舞台にしたこの物語そのまま、いまにも主人公の孔乙己が現れてくるような錯覚を覚えながら、私はうれしくてここで写真をフィルム一本とってしまった。

紹興といえば紹興酒、中国料理を食べるとき、いっしょに卓上にならぶことが多いので、日本人にはいちばんポピュラーな中国のお酒である。よく日本では氷砂糖を入れて飲むけれど、あれは中国ではあまり見かけない。

紹興に行ったら忘れずにその工場見学をしてみたい。一口に紹興酒といってもその種類の多いことと驚くばかり。女の子の生まれた家庭ではその年に新しいお酒を仕込み、やがてお嫁に行くときの披露の席で、それをあけて皆にふるまう、という風習も残っていて、なにかほのぼのとしたものを感じる。

この山のような酒蔵の裏に広がる大きな湖が鑒《カン》湖である。あずまやあり、堤ありという東湖とはちがって、ここは素朴なただの湖だ。でもその岸には、水郷の人たちの生活がみちみちている。

野菜を洗う人、食器を洗う人、その間をぬってアヒルの親子がならんで泳ぐ、家の前の路地には、洗濯ものがひるがえり、子どもが走りまわっている。それに驚いてニワトリが叫びながら飛びあがる。近くにはヒヨコが早く母鳥の羽の下にもぐりこもうと駆けつける。

私はそれがおもしろくてあきることがなかった。

「アヒル、あんなに泳いでいってしまってそれぞれ自分の家に帰れるのかしら、それとも集団で飼っているの」

「全部個人個人のアヒルですよ。大丈夫、アヒルは自分の主人の声が聞きわけられるから」

私は感心してうなずくばかり。

私たち四人を乗せ、鑒湖を案内してくれた船頭さんは八十歳だそうだ。しっかりと櫓《ろ》をこぐその姿は童謡にもあるとおり、〝年はとってもお船をこぐときは、元気いっぱい櫓がしなる〟というような美しい姿であった。

ふと前方を見ると、夕焼けを背にして何艘かの船が輪になって網をうっている。

「どう、とれました?」

大声で聞いてみた。けれど、首や手をふってくれたのは、私たちにあいさつのためか、だめだったという合図か……。

「投網はあるの」

「いっぱいですよ、でもいまは時期じゃないな。夏ならね」

「観光用に考えてもらえないかしら」

「魚とるのが観光になりますかね」

「邪魔しないように、でもわりに見やすい場所で見せてもらえれば、日本人は大喜びだと思うわ」

「じゃ早速、今夜にでも相談しましょう」

その夜、紹興支社の責任者孫亦松《そんえきしょう》さんと紹興の旅について話しあったことが、中国旅游報に記事になったといって一部送ってくれた。

日本人の観光客年間わずか四千名というのはあまりに少ない。私は多くの名所古蹟《こせき》のあるこの土地をもっと多くの人たちが訪れてくれることを祈りながら次の目的地、寧波《ニンポー》へと向かった。

仏教の聖地

寧波はネイハと読むより、そのままニンポーと読んだほうがぴったりする。紹興から列車で二時間半、寧波では日本語の上手なKさんが駅に出迎えてくださった。寧波は大きな都市だ。人口四十万、面積四〇〇平方キロ、四つの区から成り立っている。覚えやすい数字である。

ホテルは華僑飯店。駅からも近く、便利な場所にある。さっそく天一閣《てんいちかく》など、町なかにある、全国重点文物保護単位（国宝に当たる）をまわる。

天一閣は建物もりっぱだが、お庭の蠟梅《ろうばい》が見事な花をつけ、あたり一面に香りがただよっていたのが印象的であった。一月の末のこの時期にはどこに行ってもひとりの観光客にも出会うことはない。境内は人影もなく私は立ち去りがたい思いで、梅の木の下にしばらく佇《たたず》んでいた。

寧波はもともと港町、いまでは、中国最大の港もある。ここは一九七八年、上海の宝山《ほうざん》製鉄所に資材を送るためにつくられた港だそうだが、海岸線が一三キロメートルつづくといわれるように、その広いこと、自分がケシツブになったと思われるくらいである。ここをゆっくり見学すれば、それだけで何日もかかりそうだった。

寧波はまた仏教の聖地としても知られている。市内から約四〇キロ東に向かって走ると曹洞宗《そうとうしゅう》の本山天童寺《てんどうじ》がある。そこから、天台山へとつづく道には、道元《どうげん》、栄西《えいさい》、さらに最澄《さいちょう》と日本の仏教の開祖ゆかりの地も多いので、私たちは市内の見学はそこそこに、まず天童寺に向けて出発することにした。

天候に恵まれたためか、一月というのにすこしも寒くない。セーターとジーンズのスタイルで、Kさんとのドライブは大変快適であった。

「いつも冬はこのくらいの陽気ですか」

「四、五日前までは雪もちらついてそれは寒かったのです」

ということだから、油断はできないが、冬枯れの田園風景はおだやかで、やはり旅行はシーズンオフに限るな、という思いを強くした。

「このへんは年に米が二回、麦が一回とれます。また土地に塩分があるので綿に適しています。綿をつくるときは普通塩を土地にまくんですよ。あ、それとサツマイモとスイカもよくできます」

「サツマイモをどうやって食べるの？」

北京では万里の長城に行く道で、それはそれはおいしい焼きイモを路上で売っているところがあるが、まさか焼きイモだけでは消費しきれまい。

「アブラゲです」

ここで、ああ天プラにするんだな、と思わないと中国の人と日本語は話せない。日本語を勉強している人は一生懸命日本語を使おうとしているので、私もそういう人とはできるだけ日本語で話すことにしているが、中国でそうそうサツマイモの天プラにお目にかかったこともないのでもう一度聞いてみた。

「油であげるの？」

「焼くんです。でも多くは酒の材料、サツマショウチュウです。それと飼料にもなる」

私を見てにっこり笑った。外に目をやると古い墓石がならんでいるのが見える。

「古い墓石です。いまはもう皆、共同墓地ですから」

いまでは死者を葬《ほうむ》ることは全国的に統一され、個人的な墓をつくることはなくなっているとのことだ。

右手の山の上に五仏堂《ごぶつどう》が見えはじめた。ツアーで行くときは必ずこのへんでバスをとめてもらい、写真をとらないと不満が出るところだなー、と思いながら説明を聞く。

「昔このへんに大蛇《おろち》が出て人を困らせました。一人の僧が毒饅頭《まんじゆう》を食べさせて退治し、ここに埋め、その上に塔をたてました」

その塔の下に立つと、一本の道がずっと川に向かってのびている。古い石畳《いしだたみ》のなにやら箱根の旧道のような道がある。

「昔、道路がなかったころはあの川を舟で下り、この道を通って天童寺に行ったのです。おそらくお国の道元禅師もこの道を歩いてこられたことでしょう」

大蛇はどうでもいいから、それを先にいってくれたらいいのに。

いまから七百五十年ぐらい前、道元は日本からどんな思いでこの地に渡り、この道を経てお寺に行かれたことか。

そんな思いで私も一歩一歩ゆっくりと歩いてみた。

そこから第一の山門までは近い。第一、第二、第三と同じような山門が一キロぐらい離れてつづき、その間を樹齢三百年ぐらいの松並木がつづく。その並木の左手は一面の竹林で、春にはタケノコがたくさんとれるとのことであった。

車に乗って約五十分で、天童寺に着いた。

西暦三〇〇年ごろにたてられたものだが、火災、水害により何回も壊され、いまのものは明朝《みんちょう》のころ再建されたとのこと。中の仏像も文化大革命のときに壊されたのを、新しくしたというからわずか数年前のものらしいが、総本山としての落ちつきは十分にそなえている。

ちょうどお勤めがはじまっていた。お釈迦《しゃか》さまに向かって左右に二十名ずつくらいの黄色の衣をまとったお坊さんがお経をあげている最中であった。現在七十名の僧、もちろん戒律《かいりつ》はきびしく結婚はしない。酒、煙草は禁止で食事も精進料理のみ、朝は三時から読経《どきょう》がはじまるとのこと。どのお顔もひきしまって近づきがたいものを感じ、ただ遠くから拝見させていただいた。

「ここは儲《もう》かりますよ」

あまりおだやかでないことをいうので、ふりかえるとKさんはつづけていった。

「供養《くよう》してもらう人が多いのです。一週間ここで先祖の供養をするのに一万元（約百万円）必要です。華僑の人たちが多く申しこみます。もちろん一人でその費用は負担するんです。地元の人も多いです。そのときは五十名、百名と組んで一組をつくります。百名集まれば、一人百元でいいですからね」

「だって百名が一週間ここで寝泊りして食事すれば、大変でしょう？」

「食べることなど問題ないです。長澤さんどうです、申しこみませんか。もっとも今年中は無理ですね。もう予約でいっぱいですから」

信心深いことは結構なことだから、こんなとき坊主《ぼうず》丸儲《まるもう》け、などとは決して口にしてはいけない。

そんな日本語を勉強熱心なKさんが覚えたらそれこそ大変だ。一度覚えてしまったら、ことあるごとにそのことばを使うだろうから。

「この寺には二組の十八羅漢《らかん》があります。下のは普通のものですが、上に行って見てください」

いちばん上のお堂まで行くと、十八名の僧の石碑がならんでいる。

「昔、この地方に大きな水害がありました。大水にお寺が流されそうになったとき、どこからともなく十八人の修行僧が現れて、たちまち左右に大きな溝を掘りました。おかげでお寺は救われたのです。水がひくのと同時に、その僧たちも、いずこへともなく姿を消しました。そこで人々はあの方たちは十八羅漢に相違ないと信じ、お姿を刻み、ここにお祀《まつ》りしているのです」

十八の石碑の前にはお線香が立てられ、静かに煙がただよっていた。全景が見わたせるこの場所で、きっといまもこうしてこのお寺を守っていらっしゃるのだろう。私もひとつひとつの石碑の前で合掌《がっしょう》した。

またここの一角には、永平寺《えいへいじ》からの石碑も安置されていて日本とのつながりの深さを示している。

「栄西も二回来られたそうです」

まったくこのKさんは大切なことをふっという人だ。

つづいて臨済宗《りんざいしゅう》の名刹《めいさつ》、阿育王寺《アショカおうじ》に行く。西暦二八二年にたてられたこのお寺は仏《ぶっ》舎利塔《しゃりとう》で有名だ。これは全中国にたった二カ所しかなく、あとの一カ所は内蒙古《うちもうこ》にあるとのことだ。もっとも仏舎利の納められているのは本堂にある舎利塔ではなく、奥の院深くに納められていて、一般には拝むことはできないらしい。見る人によってさまざまな色に見えるというが、そういう尊いものは神秘的なままのほうがより美しい、と思って遠くから黙礼をした。

このお寺はまた日本とはとくに関係の深いことがある。鑑真《がんじん》が第三回の渡航のとき、海上で台風にあい、寧波にたどり着き、この寺に身をよせられた。そして第四回の渡航に出発するまでこの地にとどまっていたという記録がある。

昔からの中国と日本の交流を思えば、寧波はカニとエビがおいしくていいところです、などと紹介するだけではまことに申しわけない。そこで私はすばらしい海産物については、ふれないことにした。

そのかわり、といっては何だが、やはり最後は食べ物のことをすこし。

阿育王寺の境内ではとてもおいしいソーメンが食べられる。

キクラゲ入りソーメン　〇・八五元（約八十五円）
青菜入りソーメン　〇・二五元（約二十五円）
天童寺では本格的なフルコースの精進料理も食べられるが、これは予約が必要とのこと。
信心のない向きには、やはりこちらのほうをきちんとおさえておくほうがいいと思うが、いかがであろうか。

伝説の地にひたる

一月二十二日（火）、今日は天台《てんだい》へ行く。寧波—天台間は二五〇キロメートル。日本車なら三時間もかからないという。郊外をぬけて山道に入ると、周囲の段々畑が美しい。
「冬天地里没有人」（冬は畑に人がいないね）
などと話しながらの快適なドライブである。道もよくて平均八〇キロのスピードで飛ばしている。
「十個事故九個快」（十の事故のうち九つまでがスピードの出しすぎによる）
という標語が目に入るのもこの道のためだろう。左前方に塔が見えてきたのでもう近いな、と思う間もなく天台賓館に着く。新しい建物だ。

「天台県人民政府外事辦公室《ウァイシーバンゴンシー》」主任である周栄初さんの歓迎を受ける。開口一番、

「長澤女史は中国語ができるのですか？　これはおどろいた」

おどろいたとは心外である。中国に取材に来て中国語ができないことにおどろけばいいのに、と内心思ったが黙っていた。せっかく相手が満面に笑みを浮かべて、部屋に案内してくれるのに余計なことをいうことはない。

周主任はお昼の食事にも出てきてくださって、いっしょにテーブルをかこんだ。ならんだ料理のうちで、まずタケノコとマッシュルームの炒めたのをとってくださってこういわれた。

「これは冬タケノコです。まず食べてごらんなさい」

中国料理では別に珍しいメニューではないが、いわれるままにすぐ箸《はし》をつけたら、その香りのよいこと。日本でいえばちょっと歯ごたえのあるグリーンアスパラガスのようだ。

「どうです？　いま掘ったばかりですよ」

「本当においしい」

いまは一月の末である。海抜一〇〇〇メートルもあるこの山でこんなおいしいタケ

ノコがとれるのか。

「ごはんよりメンにしましょう」

私があちこちで、メン、メンと騒ぐものだからちゃんと連絡してあったようだ。

「塩味がするでしょう。塩を入れるとメンがのびるからね。道にずっと干してあったでしょう」

それは、ヒヤムギのような味がした。そういえば来る道に素朴なメンがずっと干してあった。天秤棒《てんびんぼう》に堆肥《たいひ》をつんで歩いている土地の人とも何回もすれちがった。寧波のような都会からすこし離れただけなのに、このあたり一帯は、鄙《ひな》びた昔ながらの生活の匂いがみちみちている。

八百二十ベッドあるといわれる新天台賓館に客は私ひとり。なぜ一般の観光客が一月のこの時期には来ないで、人の山となる春夏秋に集中するのだろう。もっとも、だからこそ何かいい知恵はないかといって、私などを呼んでくれたのだから、これは私が考えなくてはならない問題なのだ。

食事の終わりがけに〝天台ミカン〟を山のようにくださった。

それはいつも町で見かけるピンポン玉ぐらいのものとちがって、ネーブル大のりっぱなポンカンに似たミカンだった。

「もうこのミカンの季節も終わりですね。これがまだあるうちに見えてよかった。ではもう一度乾杯しましょう」

私はお酒が飲めない自分を悲しく思いながら、そっと盃《さかずき》に口をつけた。天台にはきっとまた来なければならない。私はしきりに将来のことに思いをめぐらせていた。

天台山は浙江省の東にあり、主峰の華頂《かちょう》は海抜一一三八メートル。王羲之、李白、孟浩然《もうこうぜん》、蘇東坡《そとうば》も遊んだといわれるこの土地には、隋《ずい》の時代からの千年の梅がいまも蕾《つぼみ》をつけ、その歴史の古さを見せている。

鑑真和尚《わじょう》が、ここから多くの経典を日本に持ってこられたこと、また西暦八〇四年に最澄がここで学んだことなどの説明を聞き、また仏教の交流を示す数々の記念碑や書を見ていると、いままで私があまりにも日本の仏教の歴史について無知であったことを思い知らされた。

去年ここを訪れた日本人は五百六十八名。それは、ここを訪れた外国人旅行者の半分を超える人数らしい。それも大部分が宗教関係の団体だったというから、ぜひもっと多くの方々に訪れてもらいたいと思う。

ここに来て先人の偉業を偲《しの》ぶことこそ日中の絆を深めるまたとない機会だと、つくづく思った。

ここはまた寒拾亭という寒山《かんざん》、拾得《じっとく》ゆかりの場所がある。蘇州の寒山寺に行かれた方は、あの寒山寺の名前から二人の僧の説明を聞かれたと思うが、なぜ寒山の名前だけつけてあるのか私はずっと疑問だった。それがここの説明ではじめてわかった。

ここでは二人の名前をとって、寒拾亭となっている。

この地に隠居していた寒山はある日、道で赤ん坊の泣く声を聞いた。探してみると草むらに捨子があった。寒山が抱きあげると、あら不思議みるみるうちにその赤ん坊は子どもに変わった。寒山が名を聞くと、

「名前はありません。仙人さま名づけてください」

という。そこで寒山は、「拾得」と名づけた。

その山はいまでも拾得峰と呼ばれている。

寒山と拾得は寄りそうように暮らしていた。あるとき、汪《おう》という人が娘の芙蓉《ふよう》をつれてこの寺に来たが、病《やまい》を得、娘を二人の僧に托《たく》して死ぬ。

「芙蓉を頼みます。後々、いとしくなるようでしたら、お二人のうち、どちらかの妻にしてほしいと思います」

親子ほど年のちがう寒山、拾得なら、やはり拾得を好きになるのが情というもので、

寒山はある日、二人の話を聞くともなく聞いてしまう。

「芙蓉よ。泣いてはいけない。二人の仲を兄さんはまだ知らない。知ったら、必ずいっしょになるよう努力するに決まっている。私たちは結婚できないけど、いつまでもよい妹でいておくれ」

寒山はすぐに自分ひとり寺を出て、二人をいっしょにすることに決めた。でも、もし何も理由なく姿を消したら二人を困らせることになるから、カベに和尚の絵を描いて詩を添え、自分は出家することにした、と書きしるした。

翌朝そのことを知った拾得はすぐ芙蓉にいった。

「私は彼を探しにいく。地の果てまでも行って、探しだしたらいっしょに出家する。探せなくても二度と戻らない」

芙蓉は泣きながら拾得を見送った。拾得はやがて蘇州《そしゅう》まで来る。風のたよりに寒山によく似た和尚がいると聞いたからだ。

空手で行っては悪いと思い、近くのハス池のハスを一輪手にした拾得は蘇州の楓橋《ふうきょう》寺《じ》へ向かう。

寒山は拾得の来たことを知り、さぞお腹をすかしているだろうと思い、竹であんだお弁当箱に食べ物を入れて持ってくる。

二人はそこで出会い、お互いに手にしたものを捧げあうのだった。中国語では「ハス」と「ハコ」の発音は同じである。その発音は和・合とも同じである。そこから、のちに人々は、二人を〝和合仙人《ホーホーシエンレン》〟と呼ぶようになった。

寒山が先に来て出家した寺だったので、楓橋寺はのちに寒山寺と改められた。

寒山・拾得の伝説は多く、寒山は文殊菩薩《もんじゅぼさつ》の化身《けしん》、拾得は普賢《ふげん》菩薩の化身ともいわれているが、なにかこの物語に私は親しみを感じた。これから私は蘇州に行ったら必ずこの話をしよう。

寒山寺で有名なのは例の「月落烏啼霜満天」の詩だけなのはまことに残念なことだから。

天台の伝説をもうひとつ、これは王羲之の書のお話。

紹興の〝蘭亭〟にある鵞池の文字も王羲之の筆になるといわれているが、ここのはそれよりずっと大きい字である。

そしてさらに興味深いことは、この石碑の中央にまっ二つに割れた跡の線がくっきり残っていることだ。

王羲之はかねてから江西《チアンシー》の廬山《ろざん》・石鏡峰《せききょうほう》を好み、役職を辞してから、その近くの金輪山《チンルンシャン》の麓《ふもと》に移り、近くの渓流にたくさんの鵞鳥《がちょう》を飼って暮らしていた。

毎日鵞鳥とともに過ごすうちに、彼の書く鵞という字も鵞鳥の姿そのもののようになり、やがてその字は翼を得て空高く舞い、霞《かすみ》のかなたへ消えていくようになった。王羲之の書いた鵞という字は、いまはただ三カ所にのみ、残っているそうだ。ひとつはこの石碑、あとは紹興の蘭亭、武漢《ぶかん》の黄鶴楼《こうかくろう》。

ここの石碑のまん中の線のいわれは、次のとおりである。

曹搶選《そうしょうせん》はある夜、華頂寺《かちょうじ》で書の練習をしていると、なにやら物《もの》の怪《け》の気配がするので、手もとの硯《すずり》を音のするほうに投げた。すると音がやみ、その硯のめりこんだところを掘りだすと、その硯はすでに玉でつくったもののような光をおびている。そこで、もしかしたらこの下に宝が埋まっているのかもしれないと思い掘ってみる。すると半分にかけた石碑が出てきた。

洗ってみると鵞の字の右半分である。書に造詣の深い彼は、これこそ王羲之の手になるものと悟り、自分が左半分を書いてこの字を完全なものにしようと決意する。夜を日についで七年、鵞の字の練習をつづけ、ついに鵞の左半分を書きあげる。

このお話を伺ったあとでこの石碑を見れば、見事な筆跡が一層貴《とうと》いもののように見えるのだった。

ここにはぜひ二泊して、できれば朝三時半からはじまるおつとめにも参加して、昔を偲ぶのもよい経験だと思う。ホテルと宿坊《しゅくぼう》を一泊ずつできたら理想的だな、と思った。私は、周主任にお礼を申しあげ、再会を約して天台山をくだった。

杭州—紹興—寧波—天台山、と私の旅は終了した。

第五章　私の本当の旅がはじまる

体当たりで乗りきる

「長澤信子と行く中国」の旅誕生

〝長澤信子と行く中国〟という企画を耳にしたとき、私は一瞬何のことかよくわからなかった。いままでにもびっくりしたことはたくさんあったが、今回ほどおどろいたことはなかった。

本を出版して、それがすこしばかり売れただけでも、私にとっては予想外のことだったのに、そのことから、今度は自分の名前のついたツアーが生まれるなんて……。でも、あまり謙遜《けんそん》ばかりしてはいられない。これもせっかくのチャンスなのだから。

私はこれまでに中国のほとんどの都市にはツアーで行ったり、通訳の仕事でまわったりして、その回数も五十回を越えていた。そろそろこのへんで仕事そのものを見つめ直そうと考えていたときでもあったので、その申し入れをうれしく受け入れ、積極的に企画に参加した。

「時期・場所・期間からはじめましょう」

「そうですね。私は前から中国のお正月というのを現地で味わってみたかった。旧正月前後というのはどうでしょう。二月というのはあまりツアーも出ていないでしょう？」

「賛成です。では場所は？」

「私は秘境志向型なので、いままでですばらしいと思ったところは、トルファンと内蒙古、それと敦煌《とんこう》からオプションでいった陽関《ようかん》」

「なるほど。でも二月は無理ですよ。寒すぎる。どうしても南になりますね。香港経由だと安くあげられることもあるし」

ついホンネが優先するのはこの際、仕方のないこととして、次の候補をあげてみる。

「南ならビルマ（現ミャンマー）との国境、西双版納《シーサンパンナ》……」

「ああ、あそこなら昆明《こんめい》と桂林《けいりん》の二大景観というのをうたい文句にできる。よし、それで行きましょう」

「大丈夫でしょうね。昆明までは行けたけれど、その先は行けませんでした、となったらそれこそ大変……」

「手配には念を入れますよ」

私はつい先頃〝夢十夜〟という盛りだくさんのコースから帰ったばかりであった。それは桂林の灕江《りこう》下りと長江の三峡《さんきょう》下りをおりまぜた、じつにバラエティーにとんだ楽しいものであったが、最後でつまずいた。長沙《ちょうさ》、広州《こうしゅう》間で飛行機が飛ばず、約十時間、なんの情報もないまま暗い空港で待たされたのだ。その苦い経験もあって念を押したい気分になったのである。

場所と時期が決まれば、期間は自然に決まってくる。私たちは、一応簡単な趣旨説明とコースのパンフレットをつくり、ごく限られた人たちに配った。知人、友人、また以前いっしょに中国に行った方等々、十数名がすぐに集まった。

内輪《うちわ》の集まりでもあり、前に中国にごいっしょした方ばかりという気安さもあって、説明会も同窓会のような雰囲気である。旅行社側は、もうこのツアーの成功は疑いなし、と喜んでいる。

私にしてみれば、それがかえって不安の種でもあったが、各地の旅行分社には知人も多い、いざとなれば力になってくれるだろう、と自分にいい聞かせた。

この、はじめて自分の名のついたツアーを、なんとしてもいままでの中でいちばんよいものにしたい。本心では気負いながらも、「あとはお天気が続くことを祈りましょう」と、平静をよそおった。

そしていつものとおり、
一、スーツケースの中に空の大きなバッグを入れておく（お土産の入れ物用に）。
二、自分に合う常備薬を忘れずに。
三、嗜好品《しこうひん》は少し多めに。
などいくつかの守ってほしいことをお願いして説明会を終わりにした。

そのときそのときを楽しむ

二月十五日、全員は時間どおりに成田に集合した。

それは、はたして〝長澤信子と行く中国〟の第一回目の出発か、それとも最初で最後のツアーになるか……私はとても緊張していた。

香港に着くと、旧正月で大変な人である。道はいつにもまして混んでいた。私たちは免税店で品物を買い、帰りに受けとるためのひき替え券を大事にしまいこんで、バスに乗り九竜《きゅうりゅう》の駅に向かった。

ところが、目の前に駅が見えながら交通渋滞に巻きこまれ、動きがとれなくなってしまったのだ。

大陸行きの列車に乗る時間が心配になる。ガイドのSさんが叫んだ。

「皆さん、スーツケースを持って走りましょう」

「そんなこといっても、お年寄りも多いから……」

私が躊躇《ちゅうちょ》する間もなく、彼は両手にスーツケースを持って走りだした。若いということはすばらしいことだ。Ｓさんはドライバーと二人で駅とバスとを往復し、駅のポーターとわめきあいながら、ともかく列車に間に合わせてくれた。私はお礼のしるしに十ドル札を彼の胸のポケットにさしこんで、ことばをかわす時間もなく別れた。

旅行もこうなると、お金や時間のあるなしでなく、まず体力だという気になる。

「長澤さんはタフですね」

とよくいわれるが、私は仕事中はどんな強行軍でも、それだけならさして大変と思ったことはない。むしろなにか血がわきたつ思いになるのは、旅行型突発性躁《そう》病にかかっているためかもしれない。

そんな思いをして広州に着いてみると、なんと今度は大雨である。ここで私はまたびっくりさせられた。ガイドさんがたどたどしい日本語でこういうのだ。

「皆さん広州はいま雨期です。この雨はとても長もちします」

「雨期……って、いまが？」

出発前に主催者側はなんといったか、

「いまは一年中でいちばん雨の少ないときです。おそらく雨具のご用意はいらないと思います」

それなのに、広州では毎年旧正月には長雨が続くという。冷たい視線が私の背中に集まってくる。こんなことは詫《わ》びてすむことではない。この際は黙っていよう。

そんな人の気も知らないで、なおも彼はつづけていう。

「雨つづきのため昨日の飛行機は全部だめでした。今日も多分だめでしょう」

悪い予感がするけれど、もうこうなったら仕方がない。明日は明日の風が吹く……だ。私は頭を強く二、三回横にふってしばらくそのことは考えないことにした。いまはともかく買い物に行こう。

いい羽毛ブトンがここでは安く買える。説明会でも話しておいたので買うつもりの方々も多い。誕生日が近い主人へのプレゼントにもちょうどいい。

かさばるものだけれど、買った方は皆満足気で、そうなるともう長雨はたいした問題でなくなった。私は自分が買い物が大好きで、各地の買い得品、安い店を調べてある。これも私のツアーのひとつのメリットにしたいと考えている。今回もそのおかげでなんとかマイナスをプラスに置きかえることができたようだ。あとは順調に移動ができることを祈るばかりである。

次の昆明へは飛行機で移動する。

飛行場はどこも旧正月を故郷で迎える人で混みあっている。こんなとき私のトレードマークの赤い帽子は役にたつ。

最初のは万里の長城で飛ばし、二つ目は蘇州の運河に流してしまって、いまのは三代目の帽子である。中国の旅行社の方たちにも知られてきたので、私は予備の帽子もスーツケースの中に入れてある。これをかぶっているとき、私は、

「さあ、仕事だ」

という気持ちが全身にみなぎる。

定刻ではなかったが、その日のうちに昆明に着いた。昆明ではお正月を迎えるための準備が各戸に整っていて街全体が活気に満ちていた。

中国では旧暦の正月三ガ日は全国的に休日である。一族が集まりご馳走をたくさんつくる。その三日間は、誰がどこの家で食事をしてもいいそうだ。主婦の私から見れば、料理をつくる人たちはどんなに大変なことか、と同情してしまう。三ガ日、誰がいつ来ても食べ物が山のようにあるということは、容易なことではない。日本でも昔はそうだったのかしら。こんなときにも、ふと日本の昔の姿を偲ぶことができ、外国へ来た、というより故郷に帰ってきたような気持ちがさらに深まるような思いがする。

昆明は美しい都市だ。菜の花はいまが盛り、大輪のバラのような椿《つばき》が公園を埋めている。昆明といえば〝石林〟。原始林を思わせる斧で削られたような石灰岩《せっかいがん》が、三万ヘクタールにわたって広がっている。ここは三億年前は海底だったところだ。

私はここに来るといつも、京都の石庭《せきてい》を思い出す。日本に見えた中国の方に竜安寺《りょうあんじ》の石庭の説明をするとよくこういわれるからだ。

「石だけでできた庭？　ああ、わかります。わが国にも石だけでできた石林というところがありますから」

この石林の宏大な風景を想像する人にあの石庭の禅寺の雰囲気をどう説明したらいいのだろうか。そんなときは、私はただ絶句してしまうのである。

昆明では春の麗《うらら》かな好天がつづいて、西山《せいざん》・滇池《てんち》・大観楼《たいかんろう》・金殿《きんでん》などを連日ゆっくりまわることができた。どこも民族衣装の家族づれでにぎわっている。中国の人たちに頼まれてシャッターを押したり、いっしょに写真に加わったりもした。

「住所書いてもらったけれど、これ達筆すぎて読めないなー」

「そのままコピーとって貼ればいいでしょう」

「着くかなー」

「大丈夫ですよ」

漢字の国の便利さで、紙とペンがあれば筆談ができる。お正月はどこの国でも同じなごやかさ、華やかさに満ちていて、いっしょにタコあげをする方、路上のマージャンに加わる方もあり、ツアーはほぼ成功の兆しが見えてきた。

私は内心このムードが最後までつづいてくれるよう祈りながら、自分でも楽しく街のにぎわいの中を散歩した。街のいたるところに屋台が出て、夜更けに至るまで人通りが絶えない。あちらこちらで爆竹が鳴り、花火があがる。それはいままでどこでも味わったことのない楽しさであった。

トラブルを逆手に

好事魔《こうじま》多し。昆明に二泊して、いよいよ明日はこのツアーのメインである西双版納《シーサンパンナ》に行く、というときになって民航から連絡があった。欠航の知らせである。ここでうろたえるようではだめだ。私は即座に考えられるすべての方法をメモに書きだし徹夜も覚悟で旅行社とわたりあった。

私を信頼して集まってくださった方々に対して自分がなし得る精いっぱいの努力をここに集中した。

これは私のツアーである。よくも悪くも、このツアーの成否はすべて私の責任である。それがお仕着せのツアーなら、私の責任でないと逃れることもできる。中国側の非を客といっしょに不平をいって、会社にレポートを書いてすませたこともあった。でも、それらの仕事の終わったあとのなんとむなしいことか。

私はいつも思っていた。いつか自分で企画立案し、募集、添乗通訳を受け持ち、いままでのノウハウをすべて織りこんだ、私のツアーをつくりたい。

独立プロが映画をつくるような、アングラ劇場で自分たちの芝居を上演するような、たとえ何人かであっても、「私といっしょに中国に行きたい」と思ってくださった方々との旅を……。

それがはじめてできたのだ。

これは、私のツアーなのだ。

中国側と夜を徹しての交渉がつづく。旧暦十二月三十一日の夜である。外からは新年を告げる盛大な爆竹が聞こえてくる。私の必死の要求がどうやら受け入れられそうだ。

欠航の見返りとして、いままで日本人が行けなかった少数民族の村に迎えてもらい、そこで四名ずつ各家庭に分れて、旧正月の一日を過ごし、あとは昆明の名勝《めいしょう》をくまなく歩くというプランである。

苦しまぎれでも最善をと願ったこの企画は実行された。どうなることかと心配する私をよそに、ツアーはハプニングにわきたった。

ヤギとブタと水牛、ニワトリとアヒルの親子が人間の家族といっしょに暮らす家の中で、テーブルにならべきれないほどの素朴だがバラエティーにとんだ料理の数々。村中の人が出たり入ったりする家の中で、私たちは、思いもかけない桃源郷のような一日を心ゆくまで楽しむことができた。

もう西双版納に行けなかったことに不平をいう方はひとりもいなかった。むしろ、ゆっくりと五日間も同じホテルで、荷物をちらかしたままのんびりできたことを喜ばれた。夜は各部屋に集まって遅くまで話しこんだり、町を散歩したりした。移動移動の毎日よりお互いの親密度も増していったようだ。

「長澤さん、次も一カ所になるべくゆっくりできる企画をたててね」

「また必ず声をかけてね」

これらのことばを私はどんなにうれしく聞いたことだろうか。

帰路は桂林に二泊、また広州に戻って一泊し、香港—東京とそちらはつつがなく終了。成田でもう一度別れを惜しんであいさつをかわし、解散した足で、私は会社に電話をした。

「長澤です。ただいま。全員無事帰国しました」

「お帰りなさい。ご苦労さま。どうでした？」

「ああ、皆さま楽しんでくださいましたよ。西双版納へは行けなかったけれど」

「えーっ」

顔色が変わったのがわかるぐらいの、それはおどろきの叫び声であった。

そうだろう。西双版納へ行くツアーでそこに行けなかったら、どんなクレームが来るかわかったものではない。とっさにはことばも出なかったようだ。


この次も最高の旅を！

翌日会社に行ったら会うなりこういわれた。

「長澤さん、じつに不気味な沈黙です。どなたからも何もいってこない。おそらく全員で団結してこちらにクレームをつけるつもりですかね」

「西双版納《シーサンパンナ》には行けなかったけれど、そのかわり皆さんあちらでお正月をたっぷり楽しんでこられましたから……とくに問題はないと思いますけれど」

「そうですか、大変ご苦労をかけました。でも、とにかく早く手を打たなければならないので、昼食会を企画しました。名古屋や静岡の方には新幹線の切符も同封します。

長澤さんもご招待します。ぜひ出席してください」

私は旅行社の誠意がうれしかった。

帰国してから二回目の土曜日、急用のできた方をのぞいて全員出席のもとに昼食会が開かれた。

旅行社の人が、硬い表情でお詫びのあいさつをする。これとは対照的に、座は和気あいあいであった。

「夜店で値切って買ったスイカはまずかったな」

「あれはまるで水を買ったようなものだった」

旅行社側ははじめ、針のムシロも覚悟の上で苦情の処理を考えていた。それが、出席者が多かったばかりか、もうまったく古くからの友だちのような話のはずみ具合を見て最初とまどっていたようだったが、ようすがわかるにつれ、その表情はなごやかになっていった。

「これから毎年あそこで年越しをしたくなったよ」

「そういえば、顔もなんとなく似てるわね」

かわるがわる旅の楽しかった思い出に笑いが広がる。

それはもう、お詫びの会でもない、思い出の会でもない、旅好きの人たちの楽しい集まりに変わっていた。

散会したあと、企画・立案を共にした旅行社の担当者は、つくづくと私にこういった。

「長澤さん、今日の酒はいい酒だ。僕、今夜は酔っぱらうまで飲みますよ。こんないい酒めったに飲めないですからね。また企画しましょう。年に二回ぐらいこういう仕事がしてみたい。これからもいっしょにやってくださいね」

私は自分のツアーが生まれたことを、このときほどうれしく思ったことはない。旅は一期《いちご》一会《いちえ》のくりかえし、華やかな宴もいつかは終わる。次の旅も最高のものとなるように……。

私はその夜、自分のツアーの将来に向けてひとりで静かに盃をあげた。

夢を求める旅

家庭と仕事の切りかえ

「シルクロードの旅」の説明会は最初から荒れ模様であった。旅行日程の変更が、不満の原因である。

中国旅行はなんといってもまだ黎明期《れいめいき》である。中国側の都合で突然、日程の変更がおきることは珍しいことではない。そのへんの事情を、いかにして参加者に納得してもらうかが、通訳・ガイドである私の第一の仕事である。

このシルクロードのシリーズは、NHKがくりかえし放送したせいもあり、予備知識も豊富な人たちが多く、期待感もそれだけ大きい。それが直前になってのコースの変更である。三日間の予定だったトルファンが一日半となり、かわりに西安《せいあん》が二日、新たに加わったのだった。

説明会会場に一歩入った私は、たちまち不満の渦に巻きこまれた。

「トルファンが三日あるから、このツアーを選んだんですよ。勝手に一枚の通知で変更されては困るじゃないか」

「西安ならいつでも行けるんだ。ウルムチ、トルファンが目的だったのに」

不満というものはまことに伝播《でんぱ》力が強い。ひとりが声高に文句をいうことによって、そう思っていなかった人まで、

「そういえば、そうだ」

ということになり、早く手を打たないと収拾がつかなくなってしまう。旅行社の手配課の男性がすぐ弁明に立ちあがった。

「日程の変更は、中国の国内便の時間変更による要請で、いたしかたのないことです」

「トルファンがなくなったわけではございません。現地で極力ご便宜《べんぎ》を図りますからご心配なく。長澤は通訳として何回も中国に行っております。ですから中国側の旅行社との交渉はお任せください」

バトンはこちらにわたされてしまった。頭の中にトルファンの名所が浮かぶ。ベゼクリク千仏洞《せんぶつどう》、火焔山《かえんざん》、高昌故城《こうしょうこじょう》、アスターナ古墳も欠かせない。天山《てんざん》山脈の雪どけ水を利用した井戸、坎儿井《カルチン》や葡萄《ぶどう》園……こうした名所をたった一日でまわれるかな

……と思いながら、ゆっくりと立ちあがる。

初対面の顔がいっせいに私に向けられる。こういうとき、くどくどと話してはいけない。まず私は、愛用の赤い帽子を手にとって、

「これが私のトレードマークです。中国へはたびたび行っておりますので、この帽子を見かけると、中国の人たちが遠くから声をかけてくれるようになりました」

「今回の旅行にも、私のできるかぎりのことはさせていただきます」

本当はどうなるかとても不安なのだけれど、あとは、あたってくだけろ、である。思いきって自信たっぷりにいいきってしまうと、そこはママさん通訳の貫禄がものをいったのか、会場は静まった。

「では、長澤さんのお手並み拝見というわけだな」

いちばん不平をいっていた人が、ポツリとつぶやく。重苦しい空気が会場を流れるのがわかった。

中国旅行をしたとき、中国側の日程変更に悩まされた人は多い。同業者であるベテランの佐藤明さんの「中国の旅行事情」という一文に、いみじくもその苦労が描かれている。

「中国旅行で多くの矛盾《むじゅん》が発生する原因は、たった一つの事実、自由主義国日本から

社会主義国中国への旅行である、ということに尽きる。

国家公務員である中国側の職員にとって、サービスと報酬とは基本的に関係ない。金を払う側が上、という考えは中国ではまったく通用しない。

私たちよりもっと理解の浅いであろうお客さま、すなわち金を払う側は神さまだと思いがちな人々に、まず中国の現状を理解してもらい、そのうえでできうるかぎりの満足が得られるよう、日中双方が努力することがなによりも肝要――」

とにかく、いまは現実に戻って、私の責任でこのツアーをなんとしても成功させなければならない。出発は一週間後にせまっているのだ。

あらためて参加者名簿を眺めれば、八十一歳を筆頭に二十一歳までと、年齢のひらきのある二十五名のグループである。出身地は、青森から鹿児島にまで及んでいる。説明会出席者に印をつけ、全員の名前を頭に入れる。

さあ、私のエンジンは始動開始、九月十二日の出発に向かってゴーサインが出た。

中国語のフリーの通訳となり、さまざまな仕事の依頼が来るようになると、私は一定期間、家を留守にすることが多くなってきた。

そうなると、家庭と仕事の切りかえはことに大切である。

出発の前日は、空港の近くのホテルに一泊する。これは家庭の主婦から職業人へと移り変わるための貴重な時間帯、いわば時間のおどり場である。

わが家の玄関を一歩出たら、私はもう決してふり向かない。電話もかけない。手紙さえも書かない。旅行中はいっさい家のことは忘れることにしている。あとはただ祈るのみである。

「どうぞ今回も無事につとめられますように……。留守宅に何事もおこりませんように……」

出発の日は雨であった。台風十八号が日本に接近している。午後に上陸予定の放送を聞きながら、強風の中を、イラン機八〇一便は北京に向かって飛びたった。

私にとってそれは二十五回目の中国への旅立ちであった。


いつかシルクロードを歩いてみたい……

中国の旅にはじつにさまざまなコースがある。そのどれをとっても、なにか長い歴史にはぐくまれたふるさとの地という思いにとらわれる。

揚子江の三峡をくだれば、三国志の英雄がよみがえる。瞿塘峡《くとうきょう》の名所、白帝城《はくていじょう》にのぼれば、この城の戦いに命をかけた劉備玄徳《りゅうびげんとく》と、石兵八陣《せきへいはちじん》の計で玄徳を守ったという諸葛孔明《しょかっこうめい》の話などに、時のたつのを忘れてしまう。

桂林が山水画の世界というならば、この三峡は、男性的な猛々《たけだけ》しさに満ちて終始圧倒されそうな風景の連続である。

トルファンの火焔山《かえんざん》の延々とつづく山なみを見れば、ああ、ここはたしかに西遊記《さいゆうき》の舞台だ、という思いが胸にせまってくる。

〝天に飛鳥なく、地に走獣なし〟といわれた難路を車でひた走りすると、ここがはるか遠い昔から文化の跡が刻まれた歴史上の要地であると同時に、幾多の発見・発掘が期待されるロマンに満ちた地方であることがうなずける。

北京には、壮大な文化遺産を誇る紫禁城（故宮）をはじめ、万里の長城、明《みん》の十三陵など、歴史の都を裏づける名所は数しれない。ホテルである国賓館「釣魚台《ちょうぎょだい》」には、その昔、貴人が釣りを楽しみながら国政を考えたという魚釣りの場所がいくつも残っている。ここでおこなわれる歓迎の招宴の席で、いつも話題になる「太公望《たいこうぼう》」の話も、私たち日本人にとっては親しみのある物語のひとつである。

いずれにしても中国は、日本の文化のルーツとでもいえる郷愁を呼びおこさずにはいられない土地のようだ。

とくに最近多くの人が関心を持っているのがシルクロードである。いまでこそツアーで誰でも行けるようになったが、私が中国語を習いはじめたころは、中国はまだ竹のカーテンに閉ざされていて、観光旅行などは思いも及ばない時期であった。

それでも、いつか中国に行ける日が来たら……、

「そうね、夢かもしれないけど、シルクロードを歩いてみたい」

友だちのひとりがつぶやいたとき、私たちは全員、本当にそれは夢だと思っていた。

私はそのころ〝万里の長城に立つ〟ことが最大のあこがれであった。おそらくそれは中学生のころ愛読した土井晩翠《ばんすい》の「万里長城の歌」によるところが大きかったのだろう。

生ける歴史か数ふれば齢は高し二千年
影は万里の空遠き名も長城の壁の上
落日低く雲淡く関山《くわんざん》みすみす暮れんとす
征驂《せいさん》恨みとどまりて俯仰《ふぎやう》の遊子《いうし》身はひとり
絶域《ぜつゐき》花は稀《まれ》ながら平蕪《へいぶ》の緑今深し
春乾坤《けんこん》に回《めぐ》りては霞まぬ空もなかりけり
天地の色は老いずして人間の世は移ろふを

歌ふか高く大空に姿は見えぬ夕雲雀《ひばり》
嗚呼《ああ》跡ふりぬ人去りぬ歳は流れぬ千載《せんざい》の
昔に返り何の地か彼秦皇の覇図を見む
残塁《ざんるい》破壁《はへき》声も無《な》し恨《うら》みも暗し夕まぐれ
春朦朧《もうろう》のただなかに俯仰《ふぎやう》の遊子《いうし》身はひとり

……………………………

以下はるかにつづくこの長篇の叙事詩は、読むたびに私の心をゆさぶり、一節ずつ胸の奥に静かにたたみこまれていった。

そしてその万里の長城へのあこがれは、いつか私を漢詩の世界へと誘いこんでいった。私にとって、中国への旅は、とりもなおさず、漢詩の国への旅立ちでもあった。

中国大陸を横断

行き行きて重ねて行き行き

君と生きながら別離す
相去ること万余里、おのおの天の一涯にあり　（古詩十九首より）

その昔、人はひとすじの道に東西文化交流の種をまいた。シルクロードの旅は、ペルシャのダリウス、ギリシャのアレキサンダー、漢の武帝《かんのぶてい》、モンゴルのジンギスカンなど、英雄たちの野望の道であった。同時に、名もない多くの人々が、夢を求めてたどった文化と歴史の道でもあった。

そこに、いま私は向かっている……。

九月十二日、成田を飛びたったイラン機八〇一便は、いっきに、三時間で北京空港に到着。空港の近くのホテルに一泊し、翌朝早くふたたび空路でウルムチへ向かう。東の北京からはるか西方のウルムチまで、時間をかけて中国大陸を横断するツアーの中でも最長飛行コースである。つまり、今回はシルクロードを西方のウルムチから起点の西安へと、逆にたどっていく旅であった。

ウルムチに着いたときは、すでに日ざしはかげりはじめていた。

ウルムチは新疆《しんきよう》ウイグル自治区の区都であり、広大なタクラマカン砂漠のオアシス都市である。天山北路といわれる天山山脈の北側に位置し、ここから天山山脈を横断して、南側の天山南路へ通ずる交通の要所でもある。

そこには、新疆の各地から出土した数多くの文物を陳列した、りっぱな博物館があった。いちばん古い男女のミイラには、見物者の中から思わずため息が出る。そのみずみずしい美しさに、模造品かと疑う人さえいた。

ポプラ並木のつづく町を一歩外に出れば、目に入るものは石ころだらけの砂漠、ゴビ灘《タン》である。この果てしなく広がる砂漠のところどころに、オアシスのような樹木の茂りがあり、そこには日干しレンガでつくった家々の集落があった。

ウルムチからトルファンまで一九八キロメートル、天山山脈の山あいを横断し、峡谷を通って南にぬける。バスで約四時間の行程であった。ウルムチは標高一〇〇〇メートルの高原であるが、トルファンは中国で最も低い盆地である。トルファンの町が海抜三二メートルといわれているから、約一〇〇〇メートルをいっきに下ったことになる。

この地方は雨が非常に少ない。昔から「火州」とよばれたのは灼熱《しゃくねつ》の暑さのせいか。私たちが着いた日は、屋外で四十度、日陰で三十度、室内は昼夜とも二十八度。しかし湿度が低いためか汗はかかない。

朝出るとき、全員、水筒にお茶をつめる。

「もしバスが途中で故障でもしたら、水の量で命が決まるぞ」
という声がおどかしには聞こえない。でもそこは天の恵みか、行く先々でメロンとスイカの中間のようなハミ瓜《うり》が、私たちの渇いた喉を十分にうるおしてくれた。ときおり停車するバス休憩所では、おいしいハミ瓜をいくつも切ってもてなしてくれるのだ。

トルファンは、今回の旅でとくに多くの期待を集めた場所であった。火焔山からべゼクリク千仏洞、そこから四世紀ごろの貴族の墳墓であるアスターナ古墳、三蔵《さんぞう》法師ゆかりの高昌故城、カレーズという地下水路へと、その日の観光は、現地の協力を得て、じつに効率よく進んでいった。そして、いよいよシルクロードのハイライト敦煌に着く。

不可能を可能にさせるもの

九月十八日朝八時、バスは莫高窟《ばっこうくつ》に向けて出発した。一直線につづく道のはるか前方に鳴沙山《めいさざん》のつらなる姿が見える。三危山《さんきさん》と鳴沙山が肩をふれあう山すその断崖一帯に莫高窟が姿を現したとき、車内からいっせいに歓声があがった。もうなんの説明もいらなかった。

敦煌の莫高窟。シルクロードを通る人はここで仏の加護を祈った

「つい に来た」

「見えたぞ！」

到着してみると、実物は想像していたものよりもはるかに規模が大きい。洞窟の中には、カメラもバッグもいっさい持ちこみは禁止になっていた。

美しい彩色の石窟が四百九十二もある。全部はとてもまわれない。けれど、紀元三六六年から約一千年にわたる時代の移り変わりを示す仏像や壁画は、たとえその一部であっても、見る者に深い感動を与える。

北魏《ほくぎ》時代の珍しい壁画や、唐から五代《ごだい》にかけてのものが多く、西夏《せいか》からモンゴル帝国へと、幾多の政治の興亡《こうぼう》の跡が各所に遺跡として残っていた。

朝から午前中いっぱい莫高窟を見学すると、参加者のすべての人々が、期待以上のすばらしさに酔いしれていた。このツアーのハイライトであるウルムチ、トルファン、敦煌への満足感が、ここで凝縮されていくかのようであった。

突然、「これで、あと陽関に行けたらなあ」という声があがった。

陽関は敦煌の西南約七五キロのところにある。前漢時代には、西域と中国の領土を分けた場所で、陽関から西へ三〇〇キロ進めば、幻の都楼蘭《ろうらん》があり、そこにはさまよえる湖ロブ・ノールがひそんでいるのである。

西出陽関無故人　　西のかた陽関を出づれば故人（親しい友）なからん

王維《おうい》の別れの詩で有名な最後の一行が、ここに来れば、さらに臨場感をともなって人の心にせまってくる。私も同じ思いであった。

「よし、なんとか交渉してみよう」

中国では予約してあったことも往々にして狂うことがある。まして昼にホテルに戻り、その日の午後、急にオプション用のバスを一台チャーターするなどということは、実際は不可能に近いことである。しかし、不可能を可能にするのは、押しと運である。

幸運にも私たちの希望はかなえられた。そしてマイクロバス一台を確保できて、希望者十名は午後、陽関に向けて出発することができた。

敦煌から陽関への道はまさに圧巻であった。さえぎるものひとつない砂漠は凄絶《せいぜつ》そのものであった。荒涼たる大地には一本の草もない。

やがてバスはそのまっただ中で止まった。陽関そのものはいまは砂漠の中に没し、その場所に烽火台《のろしだい》の遺跡が残っているだけであった。

渭城朝雨浥軽塵
客舎青青柳色新
勧君更尽一杯酒
西出陽関無故人

渭城《いじょう》の朝雨《ちょうう》は軽塵《けいじん》をうるおし
客舎青青《かくしゃせいせい》柳 色《りゅうしょく》あらたなり
君にすすむ更《さら》につくせ一杯の酒
西のかた陽関を出づれば故人なからん

（『漢詩一日一首』一海知義著　平凡社刊）

別れの寂しさはいまも昔も変わらない。千年の昔にも、旅だつ人と見送る人は、万感の思いをこめて酒をくみ交わしたのであろう。陽関から西へ行けば親しい友もない。友と酒をくみ交わすのもこれが最後かもしれない……。

この詩は、唐の時代に、送別の歌として広く一般の人々に愛唱された。

〝西のかた陽関を出づれば故人なからん〟

結びのこの一句は必ず三度くりかえしてうたわれるのが習《なら》わしであり、そのため「陽関三畳」といわれたという。一度うたうだけでは別離の情がつくせなかった昔の人の悲しみが、この地に立つと、痛いほど胸をさすのである。

どこからか、静かにこの詩を吟《ぎん》ずる声が聞こえてきた。同行の人々はそれぞれの感《かん》懐《かい》にふけっているのであろう、声もなかった。

それは、中国の大地の果てに立ったうれしさと、歴史への強い感動をいま胸に共有しているという、二重の喜びであろうか。

同じ思いを胸に、私は時の過ぎてゆくのも忘れて、いつまでもそこに立ちつくしていた。

あとがき

今年、私は五十歳の誕生日を迎えました。二十五歳のとき新聞の人生相談欄に一通の投書を書いてから、また二十五年の歳月が過ぎ去ったわけです。

あの投書の回答者であった福島慶子先生は、今年の八月七日にお亡くなりになりました。

「故人の遺志により葬儀・告別式は行わず、遺体は同日東京女子医大に献体された。『うちの宿六』その他の随筆に健筆をふるい、昭和三十四年から四十八年までの十五年間、読売新聞社の人生相談回答者もつとめた」

その記事を読みながら、私は、当時読売新聞の金森トシエ記者につれられて、先生にお目にかかった日のことを思い出していました。

「長澤さん、本当に私の回答が役にたったの。うれしいわ。でも、おどろいた。私、生まれてからこんなにびっくりしたことないわよ」

そしてまた、こうもつけ加えられました。

「私あなたの気持ちよくわかるわ。私が随筆を書くようになったのもまったく同じ。自分の世界がほしかったからなのよ。あなたもいまになにかお書きなさい。そのときは喜んで推せん文を書かせていただくわ」

それは昭和五十年（一九七五年）の春のことでした。

あれから八年半、そのときはほんの笑い話にすぎなかったことが、実現することになったとき、先生の訃報を聞くとは……。

私はなにか因縁のようなものを感じずにはいられません。

編集者の八尋和子さんがインタビューに見えたのは一年前のことです。人生の転機に「相談」によってヒントを得た人たちの話を取材に見えただけでしたが、それがいつの間にか、私の話を一冊の本にまとめることに決まっていきました。

八尋さんは持ち前のねばり強さで、ときには私を刺激して話をひきだし、原稿に遠慮なく注文をつけ、書き直しを要求し、討論が深夜に及んだこともしばしばでした。

私は原稿用紙を旅行カバンに入れて中国に出かけ、帰ると成田から彼女に電話を入れる……。こうして推敲すること一年あまり、書きあげた五百枚ほどの原稿が、三百枚にまとまりました。これは私にとって得がたい経験でした。

二人が考えあぐねたのは本の題名のことでした。いくら書きならべても意見が合わない。私はひそかにアイルランドにいる次男に手紙を書きました。

めずらしく返事はすぐに来ました。

「前略、無事に暮らしています。お手紙拝見。パパは取締役へ、ママは中国へ。一家離散して、大慶至極に存じます。（中略）

本の題名に迷っている由、愛する母親が本屋の前を通るたびに赤面逆上しないよう、いささか脳汁を絞りましょう。

私なら『落第主婦の自己弁護』としますが、まず出版社にはボツにされそうですね。どうしても中国という字を入れたいのなら、むしろ、中国を想わせる地名を使うべきです。

『台所から北京が見える』

こんなのもいいかもしれませんね」

本の題名はこうして決まったのです。

この一年、私は、この本づくりのおかげで、歩いてきた二十五年の道程を、ゆっくりとふりかえることができたと思います。

あのときの投書は、池の水面に投じた小石でしたが、その波紋はしだいに広がって、私の生活を変えていきました。そして二十五年の歳月は、世の中も変えていきました。「生きがい論」が巷《ちまた》にあふれ、老後の生活は大きな社会問題としてマスコミにとりあげられるようにもなりました。

若いときに恐れていた子育てのあとの生活がはじまったいま、私はつくづく思います。

「生きがい」というものが、はたして存在するものだろうか……と。

私にとっての生きがいとは、単に中国語を学ぶことでもなければ、通訳・ガイドの仕事でもありません。それは自分の力のすべてを〝なにか〟に打ちこんでいるとき、あるいは〝なにか〟をなしとげたときに、熱いものが胸をよぎる瞬間のことでありました。私はその瞬間に、またそのあとに、人間としての生きがいをしみじみと感じ、限りない充実感を覚えました。

自分自身が燃焼しつくしたと思える一瞬、――結局のところ、それが、私の求めつづけていた「生きがい」であるように思えてなりません。

最後に、この本を書くにあたって、一年余、片腕となって激励しつづけ、ときとしてくじけそうになった私を、そのたびにささえてくださった担当者八尋和子さんに厚くお礼を申しあげます。

また、私のつたない文章をご面倒いただいた東京ジャーナルセンターの椎橋社長に心から深謝する次第です。

長澤信子

補章　「新・台所から北京が見える」より

本章は、「中国語ジャーナル」（株式会社アルク発行）連載「中国語と私 新・台所から北京が見える」より九編（二〇〇六年一月号、二月号、五月号、八〜十一月号、二〇〇七年二月号、三月号掲載）を選び、再編集のうえ収録したものです。

三十八歳の青春

観摩会

皆さんは「観摩会」や「夏令営」という言葉をご存じでしょうか。私は大阪華語学院で初めて「観摩会」「夏令営」を知りました。「夏令営」とは夏合宿のこと、「観摩会」は研究発表会とか学芸会などと訳されているようですが、大阪華語学院では観摩会と、お寺で一泊しての夏令営が一年に一回ずつ行われていました。

観摩会では、生徒が朗読、寸劇、歌などの出し物をみんなの前で発表します。司会、開会の辞、閉会の辞などを生徒が分担し、先生のお知り合いの中国人ゲストも何人か出席されて、最後に高建夫先生の講評をいただく……というパターンは毎年同じです。この観摩会の準備のため、生徒たちは毎年、早々と練習を始めたものでした。

ある年の観摩会のことでした。私はクラスメート二人とともに創作寸劇をすることにしました。劇の題は「有一天、在北京（ある日、北京にて）」。自転車の洪水のような天安門の前で交通事故を目撃した二人が、私にその情景を興奮して話す、という内容でした。体験に基づいた話でしたので、脚本はすぐにできました。もっとも、アドリブ自由というものですから、脚本は一応あったものの、練習では読み合わせ、立ち稽古、ダメだしなどいつも侃々諤々《かんかんがくがく》でした。その練習も、授業の始まる三十分前に大阪駅北口の紀伊國屋書店前に集合して、という時間と場所の制約の中で慌ただしくこなしました。観摩会では特に賞の授与はありませんでしたが、その年の観摩会の講評で、高先生が「もし敢闘賞をあげるとしたら創作劇の三人に」と言ってくださいました。私たちはその言葉だけで十分努力が報われたと感じたものです。

大阪の青春時代

不思議なもので、私は三十年以上経った今でも、あの年の創作劇での自分のセリフがふっと口をついて出てくることがあるのです。すると、まるで一陣の風がよぎるように懐かしい光景が目の前に蘇るのです。そして、観摩会に全力投球をした自分を思い出します。

多分、それはよい先生と仲間に恵まれた大阪での私の青春の一ページであったからなのでしょう。三十八歳で青春？　と思われる方もいらっしゃるでしょうけれど、

「青春とは人生のある期間をいうのではなく、心の様相をいうのだ」というサミュエル・ウルマンの言葉もあります。大阪での中国語の修業時代こそが、まさに私にとっての青春だったのです。

大阪での転勤生活が終わり、東京に帰る日が来たときに私は高先生にお礼状をしたためて投函しました。先生からはすぐにお返事をいただきました。「何回かの観摩会であなたは大きく成長されました。（中略）大阪で身につけた中国語が東京で大きな花を咲かせるように祈っています。東京でもぜひ中国語教室を開いてください。私もいつかその教室に行くのを楽しみにしています」という言葉通り、先生は一度上京してくださいました。そして私の教室で授業をしてくださったのです。当時は東京駅に「銀の鈴」という待ち合わせ場所があり、そこで先生をお迎えしたことは今も忘れられない思い出です。

高建夫先生のこと

二〇〇一年六月十七日、大阪華語学院の恩師である高建夫先生が亡くなりました。高先生の奥様から「静かに世を去りました」と、長文のお便りをいただいて、私ははじめて先生が亡くなったことを知り、言葉を失いました。たとえ神戸と東京に離れていても、先生がご存命ならばまた教えを請うことができるという気持ちでいましたが、その希望も消えてしまいました。私は高先生の奥様宛に何回も下書きをし、正座して返事をしたためました。書きながら胸に迫るものがあり、何回も中断しながら書き上げました。

私は今もよく先生のことを思い出します。昨年の夏も暑い日が続き、昔は日射病といっていた熱中症で倒れる人もいたことは記憶に新しいのですが、私はそんな暑い日には先生の授業を思い出さずにはいられませんでした。出来の悪い私たち生徒に「バカ」ということは先生も控えていらっしゃったのでしょうけれど、ときどき腹に据えかねて「本当におまえたちはバカ……」と言いかけ、あわてて「……に暑いな、と思うだろう?」とかわしていらっしゃった暑い日の教室。そのときの苦笑している先生のお顔を忘れることはできません。

筆まめだった先生のお手紙が何通も手元に残っています。あるときは中国語で、あるときは日本語で、またあるときは中国語と日本語の双方で書かれたお手紙を読むと、先生の声までがよみがえってくるような気がします。あるときのお手紙の最後は「流水不腐　戸枢不蠹」でしめくくられていました。「流れる水は腐らない、開け閉めする戸には虫がつかない」という意味のこの言葉を思い出しながら、私は中国語が腐ることがないように毎日勉強を続けています。

台所にラジカセを

『巴金全集』を聴く

もう三十年も前のことになります。恩師の高建夫先生が推薦してくださった『巴金全集』（全十四巻）を購入し、読んでいました。巴金の文章は魯迅よりも読みやすく、数年間中国語を勉強しているレベルであれば、あまり辞書を引かずに読み進むことができるのです。購読や音読の練習にもなりますが、私はこの『巴金全集』を高先生にカセットテープに吹き込んでいただき、聴く練習をすることにしました。

三十年前といえば、ラジカセはすでに普及していたものの、中国語の教材としてのカセットテープは種類が限られておりましたし、おまけにとても高価だったのです。現在は、買いやすい価格で映画や教材がＤＶＤ、ＣＤなどで購入できますし、テレビで中国語放送が見られたりと、本当に便利になりました。でも、逆に何でも気軽に手に入るということは執着も薄くなるように感じられます。高価なカセットレコーダーや教材を、働いて得たお金でようやく手に入れて学んでいたころの気持ちは忘れられません。

蛇口を開くと同時に

その当時は、現在のように携帯できるプレーヤーもなかったので、カセットテープはラジカセで聴くしかありません。聴くのは大切だと分かっていても、いざ聴くとなるとちょっと工夫が必要です。まず、いつ聴くかという問題がありました。もちろん家に誰もいない時間帯に集中して聴くのが一番いいのですが、そんな時間がたくさん持てるはずもありません。私は、台所の水道の近くに小型のカセットレコーダーを置き、台所に立って水道の蛇口を開くと同時にスイッチを入れると決めました。主婦は一日に何回となく台所に立ちますし、台所にいる時間も長いので、聴く練習の時間は確保できます。

台所に立って『巴金全集』を聴き続けました。分からないところがあれば、後で本を開けばいいのです。巴金に続いて相声《シアンション》（漫才）のテープも聴きましたが、こちらは台本がありません。何度聴いても意味が分からないところがあり、あまり勉強にはならなかった覚えがあります。先月号の「読書百遍」と同様、聴くのも百回を目標にしました。高先生は「テープがすり切れるまで聴け」とおっしゃっていましたが、百回ではすり切れることはありません。でも、やはり私は「百回」に意味を感じたのです。どんな教材でもいいのです。「百回」にチャレンジしてはいかがでしょうか。

息子の作戦

中国語の朗読は、中国語に関心のない家族にとっては単なる雑音にすぎないだろうと思い、私は当時小学生だった次男が学校から帰ってくると同時にテープを止めるようにしていました。ところが、それを知った次男は足音をしのばせて家に入り、ランドセルを置くとすばやく外に遊びに飛び出して行くようになりました。私はそのことに気づいたものの、知らないふりをしていました。わが家では、お互いに好きなことをする、というのが暗黙の了解のようになっていましたし、私が黙って勉強していれば、子どももいつか自然に勉強するようになるだろう、と思っていたのです。それは結局、幻想にすぎなかったのですが……。

私は私自身の母が教育ママだったのに対し、自然と逆らう気持ちがあったのかもしれません。教育ママにだけはなるまいと思っていたので、私はついに一度も子どもに「勉強しなさい！」と命じることのないままでした。

ずいぶん後のことですが、子どもたちが大人になってから、「中国語に熱中していたおかげでうるさく言われず、本当によかった」と言われたことがあります。いい母親だったといえるのかどうか……今でも分かりません。

グループで学び合う楽しさ

中国に旅するという夢

学生時代は英語嫌いで、もちろん成績も悪かった私ですが、中国語の勉強を始めてみるとなぜかとても面白く感じられ、相性がよかったようでした。とはいえ最初は発音でつまずきました。

中国語を勉強している方は、「スペルを覚えなくてもいいから楽」「文法が複雑じゃないところが気に入った」などとおっしゃいます。それはいいのですが、「中国語は漢字を書けば通じるんでしょ。日本人にとっては簡単ね」という意見は的外れだと思います。中国語は発音で落ちこぼれる人が多いことは事実ですし、自分も発音でとても苦労しましたので、漢字だから簡単なんてとんでもないと思っています。読者の皆さんも日々それを実感されているのではないでしょうか。

私は中国語が簡単そう、と思って始めたわけではありません。英語以外の外国語に挑戦したいと思い、夫の「これからは中国だろう」という言葉をきっかけに中国語学校の門をたたいたのです。そして、いつかは中国に行ってみたいという夢に向かって勉強を続けていました。最初は発音で苦しみ、勉強するほどに今度はヒアリング力の不足を感じるようになりました。中国に旅するといっても、現地では相手の言うことが聴き取れなくては話にならないと思ったのです。

グループでヒアリング

その後、通訳ガイド試験には合格したものの、そのレベルでとどまっているわけにはいかない、まだまだ勉強を続けなければと思いました。でもちょうどよいレベルの教室が見つからず、仲間で勉強会をすることにしたのです。場所は喫茶店でした。この勉強会で、ヒアリングの力をつけるために試行錯誤を繰り返した結果、始めたのが「ニュースの聴き取り」です。当時は短波放送で流れていた中国語ニュースを録音し、書き取りをするという勉強をグループで行ったのです。固有名詞が多いニュースをテキストもなしに聴き取るのは大変でした。

あるとき、「zhanfu」という単語が出てきて、「〝丈夫〟じゃないし……」と、どうしても聴き取れずに苦労したことがありました。それが、なんとか〝战俘〟（捕虜）

だと分かったときのうれしさを今でもよく覚えていますし、その後〝战俘〟は頭から離れることはありませんでした。何より、皆で知恵をしぼりながら中国語を当てはめていく作業は、とても楽しいものだったのです。

この学習法により、弱かったヒアリング力が飛躍的にアップしたように思います。ガイドの仕事の中では相手の言っていることを聴き取ることがすべての始まりです。それを実践の中でも鍛えることができました。

現在はNHKラジオでも中国語ニュースを放送していますが、日本語のニュースを聴いた後で聴けば固有名詞も分かりやすいですね。また現在は、本誌も含めてさまざまなニュースのヒアリング教材が出ています。テキストのあるものなら学習時間の節約になるでしょう。ヒアリングの練習というだけでなく、ニュースに出てくる新しい単語を知ることはガイド試験の対策にもなります。ぜひ続けていただきたいと思います。

仲間を作ってみよう

私がラジオの短波放送の中国語ニュースを聞いて学んだのは、もうかなり前のことです。現在ではNHKラジオ第二放送で中国語ニュースを放送していますし、CS放送で中国のニュース番組を見ることもできるようになりました。これらを利用してレベルアップを図ってみてはいかがでしょうか。

私の勉強法はニュースを録音し、まず中国語の原稿を起こし、それから日本語に翻訳するというものです。この方法は根気が要りますし、一人ではなかなか続けられないので、私は友人たちとの勉強会をつくって取り組みました。このグループでの学習——自主勉強会は喫茶店などを利用して行う小規模なものでしたが、数年間続きました。

今思えば、昔は娯楽が少なかったから続いたのかもしれません。中国語が好きで、勉強するのが楽しく面白く、何よりも熱を入れたものです。でも、これも友人に恵まれたおかげだと感謝しているのです。一人ではすぐ挫折したに違いありませんから。夫の転勤とともに、この大阪の仲間とも別れなければなりませんでしたが、今でも文通を続けており、時々当時のことに触れると「懐かしい思い出ね」とお互いに感無量になります。

私はその後東京に戻ってから、一念発起して四十四歳で大学生になりました。大学生活はけっこう忙しく、中国語ニュースとも縁遠くなってしまいました。でも、今でも中国語ニュースのテープを聞いて文字起こしに熱中した数年間の思い出は時折、一陣の風のように私のほおを横切っていきます。そんなときは、一心不乱に中国語に没頭していた昔の自分をいとおしく思うのです。

教学相長

私は今も中国語教室を開いていますが、教室の準備がそのまま自分の勉強になっていると感じます。中国語に「教学相長」という言葉があります。大阪時代、この言葉を教えてくださった先生は、黒板に大きくこの四文字を書いて、「皆さんの中には、将来中国語を教える立場に立つ方も多いと思います。そのときはこの言葉を思い出してください。自分自身が勉強せずに、持っている知識だけで人前に立つとすぐに見抜かれ、相手は真剣になりません。風呂おけいっぱいの水から、一すくいの分量だけをくみ出すほどしか教えられないことに気がつかれると思います。どうか自分の風呂おけにはいつも水を満たしておいてください」とおっしゃっていました。

そのときから「教学相長」は私の座右の銘となりました。教室を始めて十五年目に入りましたが、これからも授業のたびにこの言葉を大切にしていきたいと思っています。毎年、教室で勉強を兼ねて中国旅行に行っていましたが、反日デモ以来、途切れています。私は次の訪中は北京オリンピックと決めています。変わったもの、変わらぬものを見るのを楽しみに、自分の中国語がさびつかないよう、日々楽しみながら学ぼうと思っています。

自己紹介と会話

印象深い一言を

「自己紹介でその人の実力がすべて分かる」とは、私の中国語の恩師の言葉です。私の中国語教室でも、新しい人が入ってくるたびに、全員が自己紹介することにしました。自己紹介の機会が多ければ多いほど、上手になります。私も「我姓长泽，长是长短的长，泽是毛泽东的泽，日语念ナガサワ，请多多指教！」と、何回言ったことでしょうか。

「自己紹介は姓名だけではだめ。何か印象深い一言を添えてこそ言葉が生きてくる」、という恩師の言葉を思い出しつつも、簡単な自己紹介で終わってしまうことも多い。「印象深い一言」と言われても何を添えたらいいものやら。たいてい「中国語を三年ほど学んでいます」程度のことを付け加えるだけとなってしまいがちです。

それでも時々、「ああ、上手な自己紹介だな」と思う人に会います。もちろん、練習を繰り返して自分のものにしているのですが、それ以前に言葉の選び方、話題の選び方が粋《いき》なのです。

あるとき、七十歳の男性が「五十年前は二十歳の美少年でした」と自己紹介し、中国の人たちにも大いにウケたことがありました。

中国語学習歴を聞かれたら

よく初対面で聞かれることは「中国語をどれくらい勉強していますか？」ではないでしょうか。あなたなら、何と答えますか？　これほど答えにくい質問もありませんね。大学で四年間でも、週に一回の授業で四年間でも〝学了四年多。〟ですから。私の教室の生徒さんでも、「中国語を十年習っているなんて絶対言えない」という方がいます。私も恩師に「君たちは〝学了〟と言うけれども、私に言わせれば時間が勝手に過ぎていっただけ。〝过了〟と言うべきだ」としかられたことがあります。

「中国語を何年勉強したか」という質問に、私は三十年以上という答えはしません。確かに中国語を学び始めて三十年以上たちますが、学習に集中した期間はせいぜい七年ほどです。「大学で四年間、あとは中国に行っているうちに身に付いた」というふうに説明した時期もありましたが、今では〝我学习汉语、不知不觉地过了许多年。〟

（中国語を学んでいつのまにか長い年月が過ぎました）と言うのがいいだろう、と思っています。皆さまもぜひ、工夫して相手の印象に残るような自己紹介をいくつか用意し、練習しておいてください。いつか必ず役に立ちますし、自己紹介の練習は会話の上達にもつながります。

逆水行舟

語学学習はまさに「逆水行舟」、流れに逆らって舟をこぐようなもので、相当に力を入れなければ進むことはできませんし、休めばすぐに流されてしまいます。なぜそんなに力を入れてこぎ続けるのか、と問われれば、「好きだから」と答えるしかありません。私は漢字の持つ深い意味、語源などの魅力にとりつかれて、今日まで学習を続けています。その私のパートナーは『中日大辞典』（愛知大学編）です。もうボロボロですが、私の最大の愛読書でもあります。あまり古くなったので新しいものも買いましたが、やはり使うのは手になじんだ古いほうです。この辞書のところどころに亡くなった恩師がチェックしてくれた赤線を見つけるたびに、「この辞書は私の宝物だ」と思うのです。

人前で中国語を披露する

さて、自分一人で勉強してきた中国語が、果たして本当に相手に通じて会話が成り立つのか……という疑問がわいてきたのは、中国語を始めて二年くらいたったころでしょうか。教室の中では何とか先生と会話らしきものができたものの、それはあくまでテキストの内容に添ったもので、水泳でいえばプールの中で遊んでいるようなもの。もしも大海に飛び込んだら波打ち際で足をすくわれてしまいそう、と思ったのです。さて、どうしよう。中国語という大海原に飛び込むつもりで、思い切って人前に立って話す練習に切り替えよう、そう考え始めました。そして積極的に教室で前に立ってスピーチをしたり、チャンスがあればネーティブの人と話したりするようにしました。

会話の三大要素

どの言葉でも話すときに大切なことは「表情、態度、発音」の順だと、私は思っています。よく外国語のレッスンでは「発音、発音」と発音を重視する場合が多く、私も素直にそう思って発音の練習を重ねたものです。ところが、初めて中国に行ったときのことです。出会う人、問いかけてみた人、質問した人……なんと今まで教室で聞いていたような標準中国語を話す人はいなかったのです。返事をしてもらうには、それこそ「表情と態度」がモノを言いました。どんなにきれいな発音でも、小声だったり、目をそらしていたら返事をしてはもらえません。「会話は度胸だ」というのが、私の第一の悟りでした。

费解

そんなころ覚えた言葉が、〝费解〟（分かりにくい、難解だ）でした。こちらが話しかけると、相手の中国人の方が、〝费解〟と困ったような表情で言うのです。その表情を今でもはっきり覚えています。初めて〝费解〟と聞いたときに、私は単語の意味を知りませんでしたが、相手の表情で「ああ、分からないんだな」と察し、苦心して言い直したものでした。表情もコミュニケーションでは重要ですね。

私は話すとき、ジェスチャーも大切にしています。〝我〟と言うときには自分の胸を押さえ、〝那边〟と言うときにはあちらのほうを指で指し示し、〝有笔吗？〟と書くものを借りたいときには、紙に書く動作をする……というように。でも、あるとき「そんなに手を振り回さなくても分かります」と言われて赤面したこともあります。

人前で中国語を話すことは、上達するためには欠かせない練習です。日本語で楽しく会話が弾むときは、どんなふうにしゃべっているでしょうか。笑ったり、しかめっ面になったり、感情を表しながら、上手に相づちを打って相手に同調したり、こちらも言いたいことを言って……というふうではないでしょうか。中国語でも同じように表情豊かに話し、聞く態度、身体的コミュニケーションをとりつつ話を進めていってみてはいかがでしょう。多少発音が悪くても、きっと「話した！」という満足感が得られるのではないでしょうか。

ガイドという仕事

すぐに旅行社へ

読者の皆さんの中には通訳ガイドを目指して勉強している方も多いことでしょう。今回は通訳ガイドという仕事について、私の経験を少しご紹介したいと思います。

私が三回目の挑戦でガイド試験に合格したのは四十歳のときでした。合格通知がポストに入っているのを見た瞬間、私の頭をよぎったのは、「これを車の免許証のようにしてはいけない」ということでした。私が車の免許を取ったのは二十九歳のとき。周囲の友だちが「免許証を取ったわ」「一発合格よ！」などと言うので、私もついその気になりました。目的ができると集中する性格の私ですから、車の免許も夢中で勉強してクリアしました。ところが、まったく車を運転することのない、正真正銘の『ペーパードライバー』となってしまったのです。

ガイドの免許は車の二の舞いにしてはいけない、と決意した私は、合格した翌日から旅行会社各社にセールスに出向きました。海外旅行部の担当者は、見知らぬ訪問者に戸惑い気味の人が多かったのですが、中で一社だけ「そうですか、それではこれから長澤さんにお願いしましょう」と快諾してくださいました。そしてその言葉どおり、すぐにガイドとして私を指名してくれたのです。私のガイド初仕事は『都内観光一日コース』でした。

ガイドは一人で何役も

中国で仕事をするようになってから気付いたのですが、中国でのツアーには全行程随行ガイドと各地のガイドとの二名がバスに乗りますから、役割分担ができます。ところが日本では全行程にわたってガイドは一人。何もかも一人でしなければなりません。バスの中での説明のほか、ツアー参加者の人数を確認したり、バスに弱い方に気配りしたり、食事の手配をしたり、本当に忙しいのです。いつも時計を見ていてホテルやレストランにこまめに連絡を入れなければなりませんが、携帯電話のない時代には、これもひと仕事でした。おまけに突然の質問にも臨機応変に答えなければなりません。そして、バスの中に笑い声や拍手がわかなければ、ヘタなガイドというレッテルを貼られてしまうのです。

中国人旅行客からの質問で特に多かったのは、車窓から目に付く広告についてでした。

「あの、プードンチャンとはどんな意味？」

「プードンチャン⁇（あ、不動産ね……）日本には不動産と動産という言葉がありますが、それらは資産や財産を意味します」

「……⁇」

七〇年代には、中国の人たちに「資産」を説明してもなかなか分かってもらえなかったものでした。汗をふきふきなんとか説明すると、今度は「あなたはどれくらい不動産を持っていますか」と聞かれます。ここまできたら「没有《メイヨウ》」と逃げて、あとは話題を変えることに努めますが、それにしても中国のお客さまが興味を持ったことに答える、というのは本当に難しい。ガイドは相手に説明して分かってもらう技術を持っていなければならないのです。

ガイドの仕事というのは大変です。一日が終わると、もう口もききたくないほど疲れます。そうはいっても、辞めずにガイドの仕事を続けているわけですから、私はガイドの仕事が嫌いではありません。現在七十三歳、たぶん私は日本最古参の中国語ガイドだと思いますが、今でも仕事が来れば喜んで引き受けています。

時間厳守

ガイドは当然のことながら、誰よりも早く集合場所に着いていなければなりません。日本人のツアーですと、時間よりかなり早くいらっしゃる方が多いので、ガイドが時間どおりに行ったのでは、「なんだ、今ごろ来て……」という雰囲気が漂います。とにかく、早すぎると思うくらい早く行くこと。これはガイドの絶対条件だと思います。

あいさつ

バスに乗って最初のあいさつのときに「わたしは新米です」「不慣れですが……」などと言うのはたとえ本当でも禁物。お客さまは「ああ、損した」と思うものです。別にベテランだとわざわざ言うこともありませんが、あいさつは簡単に、自分の名前くらいにしておきましょう。「ご縁あって今日ごいっしょできることをうれしく思います」と付け加えるだけで十分です。

三多、三好

ガイドをしていて一番悲しいことは、バスの中でお客さまの雑談が多く、こちらの話を聞いてくれないことです。もちろん、ガイドがヘタな証拠でしょうけれど、注意をひきつけるのが難しい場合が多いのも確かです。ところがあるとき、バスの中をシーンとさせる魔法の言葉を見つけました。といっても、実は仕事で知り合った中国の方が教えてくださったものなのですが……。

それは、「三多・三好」というフレーズです。「皆さまのお国には、「三多・三好」という言葉がありますね。今の日本の「三多・三好」は何でしょうか」と水を向けると、お客さまはちょっとこちらに注目してくれます。「三多はともかく、三好はすぐに見つかるよ」などという言葉が返ってきましたら、その方にマイクを渡します。するど、「一好は日本人は本当によく信号を守ること、二好は道でつばを吐く人を見かけないこと、三好は歩いている人が少ないこと」などと三つを挙げてくれます。私が「いかがですか？　皆さまもそう思われますか？」と聞きますと、〝同意！　我也同意！〟とあちこちから声がして、バスの中のムードが変わります。そして、私から「三多」として、「浪費多……」などと日本の欠点を挙げますとさらに盛り上がるのです。

最後に

『中国語ジャーナル』創刊以来連載を続けてきましたが、今回で皆さまといったんお別れいたします。

三十六歳から中国語を学び始め、四十歳でガイド試験に合格したスロースターターの私ですが、何よりも中国語が好きで楽しみながら勉強してきました。私も読者の皆さまも、一生楽しめる中国語に出会えたのは幸せなことだと思います。人生を豊かにしてくれる中国語ですが、でも私はあえて昔恩師に言われた「中国語をペットにするな」という言葉を皆さまにも贈りたいと思います。中国語を、自分本位に楽しみ、人に見せびらかすだけのペットとしてではなく、仕事やボランティアなど社会の中で生かすことによって、さらに深い人生の喜びを見つけていただきたいと思います。

解説　「甘えない人」を読み返す

黒田龍之助

『台所から北京が見える』がちくま文庫に入るにあたり、わたしが解説を書くことになったと聞いたら、長澤信子さんはどう感じたろうか。

いまから三十年以上前に、ソビエト船の中で一度だけお仕事をご一緒した若造のことなど、ふつうは覚えていない。でも、長澤さんだったら記憶しているかな。そんな期待をしてしまう。

そのときのわたしは二十代前半で、長澤さんが中国語を始めた三十六歳には遥か達していないし、二人の息子さんよりもだいぶ若い。こんな「子ども」が通訳の仕事をするのかと、内心驚かれていたかもしれない。

大学院の学費を稼ぐため、添乗通訳の仕事をたくさんこなしていたが、あるときナホトカの子どもキャンプの通訳として、日本の旅行会社のチャーター船に乗ったら、別のツアーの添乗員として長澤さんがいた。少しまえに『台所から北京が見える』を読んだばかりだったので、嬉しくなって話しかけ、それから船内でことばを交わすようになった。そのとき長澤さんから、将来は教師になることを勧められ、自分でもビックリするくらい素直に受け入れ、そのおかげで今日のわたしがある。こんなエピソードを拙著『ポケットに外国語を』（ちくま文庫）に書いた。

そのときの若造も、いまでは還暦が近づき、学生からは黒田先生にも若いころがあったのですかと驚かれている。人は誰でも歳を取る。歳を取ってみると、本の読み方も変わってくる。今回、解説を書くに当たって読み返してみると、新しい発見がいくつもあった。

本書を読めば、誰もが長澤さんのことを称賛するに決まっている。子育てが一段落してから未知の外国語を始め、寸暇《すんか》を惜しんで勉強し、経済的基盤を固めるために准看護師の資格を取り、四年目に通訳ガイド試験に合格する。彼女が凄い人であることは、こんな解説を読まなくてもわかる。

しかし称賛しているだけでは、この本を理解したとはいえないのではないか。本書は超人の記録ではなく、外国語学習における普遍的な事実が込められている。歳を重ねながら読み続けていると、そんなことに気づく。

たとえば外国語学習における共通の経験。本書でもっとも読み応えがあるのは、大阪華語学院の高建夫先生のもとで厳しい授業を受ける場面だろう。学院の中級班にはガイド試験に合格した人が何人も通い、それどころか「あんな試験、とっくに受かりました、というのがこのクラスの平均的レベルです」（六〇ページ）といわれて驚く。入学してみれば先生に叱られることばかり、それでも必死に授業について行こうと猛勉強する。

若いころは、よく勉強するな、凄いなと思いながら読んでいた。だが、いま読み返してみると違う。

ああ、長澤さんも同じ経験をしている。

わたしはかつて、東京のミール・ロシア語研究所というところで、ロシア語の厳しい授業を受けていた。だから『台所から北京が見える』を読んでいると、自然と自分の姿に重ねてしまう。

授業を受けながら考えていたこと、自分で勉強を工夫してみること、さらにはガイドとして現地を訪れることに大きな喜びを感じながらも、同時に苦しい想いもしていたこと。どれも思い当たる。何よりも共通するのは、傍から見るとすごく大変そうなのに、元気に頑張ってしまえるところである。

長澤さんとはじめてお会いしたときは、言語は違えど大ベテラン通訳だったから、まさに仰ぎ見るような存在で、自分との共通点なんて考えてもみなかった。いまになって、わたしも長澤さんと同じ道を着実に歩んでいたことに、やっと気づいたのである。

外国語には多様なアプローチがある。楽しく勉強したい人もいる。先生もそれに合わせてやさしく教えてくれる。そんな授業が溢れているのは、外国語学校だけじゃなくて、大学も同じだ。

だがプロになるためには、まったく違った勉強をしなければならない。発音、語彙、文法について常にダメ出しされ、自分で悩み、勉強法を工夫し、必死で授業についていかなければ、身につかない能力がある。厳しい勉強を通して外国語を身につけていく物語は、どんな時代に読んでも勇気づけられ、自分もしっかり勉強しようという気にさせてくれる。『台所から北京が見える』は、中国語だけでなく、外国語を学ぶあらゆる人を勇気づけるのである。

久しぶりに『台所から北京が見える』を読み返し、いろいろと刺激を受けたので、嬉しくなってカミさんにあれこれ話した。カミさんはじっと耳を傾けた後でこういった。「長澤さんって、甘えない人なんだね」

そうなのだ。彼女は決して甘えない。

さらには人から厳しいことばをぶつけられても、自分で克服する。「三十六歳になった私が、新たに外国語をはじめるといったとき、「ハダシでアルプスに登るようなものだ」といった人がある」（四三ページ）が、彼女は負けない。中国語文学院の一学期でクラス最下位の成績でも、夏休みに猛勉強して二学期に備える。准看護師を目指すときも同じだ。長澤さんはいつでも持ち前の甘えない態度で、自分の決めたことに進んでいく。

今回気づいたのは、「夢」ということばの使い方である。長澤さんは「夢」を非現実の意味で使うことが多い。「中国語をはじめたころには夢としか思えなかった中国で仕事ができるのである」（一五八ページ）。「私は「これは夢ではない、いま現実の生活なんだ」と自分にいい聞かせることがたびたびであった」（一六二ページ）。もちろん憧れや目標という意味でも使っている。だがそれも「夢はひとまず胸のうちにしまっておこう」と冷静に判断する。そこに外国語上達の真髄があるのではないか。

それにしても、これだけ通訳ガイドとして充実したお仕事をなさっていた長澤さんは、どうしてわたしには教師になることを勧めたのだろうか。それは「文庫版まえがき」にあるように、五十代からはじめられた「中国語教室」にも重なり、やはり年齢に応じて違う仕事をすることが大切だと考えてのことだろう。これまではそう思っていた。

だが今回のちくま文庫に新たに収められた「補章「新・台所から北京が見える」よりをはじめて読んで、「教学相長」ということばにハッとした。長澤さんの先生曰く、「自分自身が勉強せずに、持っている知識だけで人前に立つとすぐに見抜かれ、相手は真剣になりません」（二九五ページ）。外国語を志した者は生涯勉強しなければならない。長澤さんはまだ二十代だったわたしに、通訳ガイドだけでなくもっと深く勉強しなさい、そのためには教師を目指しなさいと伝えたかったのではないだろうか。

いまでは長澤さんに会うことができないけれど、叶うことなら一緒にトークイベントをしたかった。大学で専攻する以前に自分で外国語を選んだ者同士で、あらゆる外国語学習者を励ましたかった。だが今となっては無理なのだ。

だから彼女の残した『台所から北京が見える』を読み返すのである。

本書は一九八三年十二月に東京ジャーナルセンターにより単行本として刊行されました。今回の文庫化にあたっては、一九九九年三月に刊行された講談社＋α文庫版を底本としました。また副題を前記単行本時のものに戻し、一部の語句の表記を修正し、単行本時に掲載されたものなど写真を収録し、一章を増補いたしました。

北京の台所、東京の台所　ウー・ウェン

料理研究家になるまでの半生、文化大革命などの出来事、北京の人々の暮らしの知恵、日中の料理について描く。北京家庭料理レシピ付。（木村衣有子）

中華料理の文化史　張競

フカヒレ、北京ダック等の歴史は意外に浅い。ではそれ以前の中華料理とは？　孔子の食卓から現代まで、風土、異文化交流から描きだす。（佐々木幹郎）

故事成語で中国を読む　多久弘一

和光同塵、余桃の罪……知っているようで知らない故事成語の成り立ちと本当の意味を、中国の歴史を貫く考え方に即してわかりやすく語る名講義。

漢字とアジア　石川九楊

中国で生まれた漢字が、日本（平仮名）、朝鮮（ハングル）、越南（チューノム）を形づくった。鬼才の書家が巨視的な視点から語る二千年の歴史。

三国志　きらめく群像　高島俊男

曹操、劉備をはじめ、彼らをめぐる勇士傑物、女性たちなど、あまたの人物像に沿って描く「三国志」（正史）の世界。現在望みうる最良の案内書。

方壺園　陳舜臣　日下三蔵編

唐後期、特異な建築「方壺園」で起きた漢詩の盗作をめぐる密室殺人の他、乱歩賞・直木賞・推理作家協会賞を受賞したミステリの名手による傑作集。

私の箱子《シャンズ》　一青妙

台湾人の父、日本人の母、仲良しの妹。家族の愛が沢山入った思い出の「箱子」（中国語で「箱」）が見つかった——二つの故郷を結ぶ傑作エッセイ。（中江有里）

蔣介石を救った帝国軍人　野嶋剛

宿敵同士がなぜ手を結んだか。膨大な蔣介石日記、生存者の証言と台湾軍上層部の肉声を集めた。敗戦国軍人の思い、蔣介石の真意とは。（保阪正康）

韓くに文化ノオト　小倉紀蔵

ハングル、料理、宗教、文学、街……韓国のさまざまな文化について知りたいひとは必読のエッセイ集。『韓国語はじめの一歩』を改題・大幅に増補。

アジア沈殿旅日記　宮田珠己

旅に私の人生が飲み込まれることは、きっともうない。それでも私は旅をしたい——。中年に至り、休暇旅行で、ずぶずぶアジアに迷い込む。迷走紀行。

ロシア文学の食卓　沼野恭子

前菜、スープ、メイン料理からデザートや飲み物まで。「食」という観点からロシア文学の魅力に迫る読書案内。カラー料理写真満載。（平松洋子）

翻訳教室　鴻巣友季子

「翻訳をする」とは一体どういう事だろう？　第一線の翻訳家とその母校の生徒達によるとっておきの超・入門書。スタートを切りたい全ての人へ。

ポケットに外国語を　黒田龍之助

言葉への異常な愛情で、外国語本来の面白さを伝えるエッセイ集。ついでに外国語学習が、もっと楽しくなるヒントもつまっている。（堀江敏幸）

その他の外国語エトセトラ　黒田龍之助

英語、独語などメジャーな言語ではないけれど、世界のどこかで使われている外国語。それにまつわる面白いけど役に立たないエッセイ集。（菊池良生）

世界のことばアイウエオ　黒田龍之助

世界一周、外国語の旅！　英語や日本語といった身近な言語からサーミ語、ゾンガ語まで、１００のことばについて綴ったエッセイ集。（高野秀行）

20ヵ国語ペラペラ　種田輝豊

30歳で「20カ国語」をマスターした著者が外国語の習得ノウハウを惜しみなく開陳した語学の名著であり、心を動かす青春記。（黒田龍之助）

英語に強くなる本　岩田一男

昭和を代表するベストセラー、待望の復刊。暗記やテクニックではなく本質を踏まえた学習法は今も新鮮なわかりやすさをお届けします。（晴山陽一）

英単語記憶術　岩田一男

単語を構成する語源を捉えることで、語の成り立ちを理解することを説き、丸暗記では得られない体系的な英単語習得を提案する50年前の名著復刊。

英熟語記憶術　岩田一男

英語のマスターは熟語の征服にかかっている！　単語を英語的な発想法で系統的にとらえることにより、派生する熟語を自然に理解できるよう目指す。

英絵辞典　岩田一男／真鍋博

真鍋博のポップで精緻なイラストで描かれた日常生活の205の場面に、６０００語の英単語を配したビジュアル英単語辞典。（マーティン・ジャナル）

ことばの食卓　武田百合子　野中ユリ・画

なにげない日常の光景やキャラメル、枇杷など、食べものに関する昔の記憶と思い出を感性豊かな文章で綴ったエッセイ集。（種村季弘）

遊覧日記　武田百合子　武田花・写真

行きたい所へ行きたい時に、つれづれに出かけてゆく。一人で。または二人で。あちらこちらを遊覧しながら綴ったエッセイ集。（巖谷國士）

一本の茎の上に　茨木のり子

「人間の顔は一本の茎の上に咲き出た一瞬の花である」表題作をはじめ、敬愛する山之口貘等について綴った香気漂うエッセイ集。（金裕鴻）

茨木のり子集　言の葉（全3冊）　茨木のり子

しなやかに凜と生きた詩人の歩みの跡を、詩とエッセイで編んだ自選作品集。単行本未収録の作品なども収め、魅力の全貌をコンパクトに纏める。

わたしの脇役人生　沢村貞子

脇役女優として生きてきた著者が、歯に衣着せぬ、それでいて人情味あふれる感性で綴ったエッセイ集。一つの魅力的な老後の生き方。（寺田農）

老いの楽しみ　沢村貞子

八十歳を過ぎ、女優引退を決めた著者が、日々の思いを綴る。齢にさからわず、「なみ」に、気楽に、と過ごす時間に楽しみを見出す。（山崎洋子）

高峰秀子の捨てられない荷物　斎藤明美

肉親との壮絶な確執の果てに訪れた夫の松山善三との穏やかな生活、女優・高峰秀子が心を開いて打ち明けた唯一の評伝。（皆川博子・松山善三）

高峰秀子ベスト・エッセイ　高峰秀子　斎藤明美編

複雑な家庭事情に翻弄され、芸能界で波瀾の人生を歩んだ大女優・高峰秀子。切れるような感性と洞察力で本質を衝いた傑作エッセイを精選。（斎藤明美）

向田邦子ベスト・エッセイ　向田邦子　向田和子編

いまも人々に読み継がれている向田邦子。その随筆の中から、家族、食、生き物、こだわりの品、旅、仕事、私……、といったテーマで選ぶ。（角田光代）

向田邦子との二十年　久世光彦

あの人は、あり過ぎるくらいあった始末におえない胸の中のものを誰にだって、一言も口にしない人だった。時を共有した二人の世界。（新井信）

ちくま文庫

台所《だいどころ》から北京《ぺきん》が見《み》える
——36歳《さい》から始《はじ》めた私《わたし》の中国語《ちゅうごくご》

二〇二三年五月十日　第一刷発行

著者　長澤信子（ながさわ・のぶこ）
発行者　喜入冬子
発行所　株式会社　筑摩書房
東京都台東区蔵前二―五―三　〒一一一―八七五五
電話番号　〇三―五六八七―二六〇一（代表）
装幀者　安野光雅
印刷所　中央精版印刷株式会社
製本所　中央精版印刷株式会社

ISBN978-4-480-43880-5 C0187